KB244074

소르본의 바보

L'IDIOT DE LA SORBONNE by Frédéric Pagès
Libella Maren Sell Editions
© Meta-Editions, 2007, Paris
All rights reserved.
This Korean edition was published by Cobook in 2012 by arrangement with
LIBELLA Group, Paris through KCC(Korea Copyright Center Inc.), Seoul.

이 책은 (주)한국저작권센터(KCC)를 통한 저작권자와의 독점계약으로
함께읽는책에서 출간되었습니다. 저작권법에 의해
한국 내에서 보호를 받는 저작물이므로 무단전재와 복제를 금합니다.

소르본의 바보

프레데릭 파제스 지음

이세진 옮김

함께읽는책

contents

#1 프랑스

택시미터기와

흐르는 시간에 대하여

시작의 어려움

　파리 팡테옹 광장에 여느 택시들과는 자못 다른 택시 한 대가
서 있었다. 시트로엥 DS 타입의 이 차는 나온 지 30년이 넘었는
데도 그날 아침 공장에서 바로 뽑은 차처럼 보였다. 녹슬거나
흠집 난 구석이라고는 전혀 없는 매끈한 검정색 자동차는 주인
의 무한한 애정에 힘입어 영원한 젊음을 누리는 듯했다. 그 주인
이라는 늘씬하고 젊은 남자는 얼굴이 우울해 보였지만 늘 신경
써서 검정색 옷을 맵시 있게 입었다. 동네 사람들은 누구나 막스
드 쿨이라는 그 청년을 좋아했다.

　이 이야기가 시작될 무렵, 우리의 택시 운전사는 안개 자욱한
새벽부터 손님을 기다리는 중이었다. 파리 5구에 위치한 시청에
서 새벽 5시를 알리는 다섯 번의 종소리 중 첫 종소리가 울린 순
간, 그는 망설였다. 간밤의 마지막 손님을 기다리는 걸까, 아니

면 오늘 개시 손님을 기다리는 걸까? 그는 서른세 살밖에 안 됐지만 어느 곳으로도 통하지 않는 길들을 이미 너무 많이 알고 있었다. 그는 운전대를 똑바로 잡고 운전석에 대쪽 같은 자세로 앉아 생각하고 싶었다. 생각을 곱씹고 싶었다. 막스는 악마들을 몰아내기 위해서 라디오를 켰다. 라디오에서 '랑스 대 파리 생 제르맹'의 빅 매치를 알렸다. 막스는 어느 편을 응원해야 할지 몰랐다. 랑스는 어렸을 때 응원하던 팀이고 파리 생 제르맹은 그의 청년기를 함께한 팀이었으니까. 어느 편을 선택한담? 손님들의 수다와 라디오에서 흘러나오는 객쩍은 소리를 들으며 파리 시내를 누비고 다닌 세월은 막스의 영혼이나 정신에 아무런 유익도 끼치지 못했다. 이 일을 5년쯤 하고 나니 명백한 사실을 인정해야만 했다. '나의 사유 일기'라고 제목을 붙인 몰스킨 다이어리는 여전히 텅 비어 있었다. 막스의 뇌는 쪼그라들었고 그 거창한 제목에 걸맞을 만한 생각은 아무것도 떠오르지 않았다.

자동차 전시회

　막스는 세상에 태어난 이래로 자동차 전시회를 놓쳐 본 역사가 없었다. 그가 관람객들의 다정한 눈길을 받으며 세상에 태어난 곳이 바로 자동차 전시회장이었으니까. 그의 어머니가 만삭의 몸으로 전시회장에서 신형 DS 팔라스를 구경하며 감탄하던 순간 양수가 터졌다. 산모는 시트로앵 지역 총판부장의 도움을 받아 사내아이를 순산했고 갓 태어난 아기는 사하라 베이지 색상의 인조 가죽 시트에 힘차게 오줌 줄기를 갈겼다. 프랑스 자동차 산업의 보석이라고 할 만한 신차에서 태어나다니 얼마나 운이 좋은가! 하지만 그 운은 한순간이었다. 산모는 혼잡한 전시회장에서 자취를 감추었다. 장내 스피커로 몇 번이나 방송을 했지만 다시는 그녀를 볼 수 없었다. 막스는 이 기상천외한 출생 사연 덕분에 자동차 전시회 평생 무료 입장권을 받았다. 그런데 이날 막스는 난생 처음으로 시트로앵 전시장에 가고 싶은 마음도, 여느 날과 다름없이 미아들의 모임에 들르고 싶은 마음도 들지 않았다. 막스에게 무슨 일이 일어났던 걸까? 그는 자기 자신을 돌아보며 의문을 품었다. '어리석음을 면하려면 끊임없이 움직여야 하나, 모든 것을 멈추어야 하나? 생각을 하려면 뒤로 빠져야 하나, 되레 안으로 파고들어야 하나? 스스로 유배되어야 하나, 본진으로 돌아가야 하나? 나뭇가지에 내려앉은 새가 되어야 하나, 땅에 뿌리 내린 나무가 되어야 하나? 스스로 능동적으로 행동한다고 생각하지만, 더러 부대끼고 휘둘리는 데 지나지 않을 때가 있지. 하지만 뿌리를 내리고 적응했다고 생각하는데 사실은 옴짝달싹 못하게 굳어져 버린 경우가 훨씬 더 많다고.'

그는 서른세 살이었다. 그중 2년은 우울증을 앓았고 5년은 자살 미수로 점철되었다. 이제 막스는 멍청이가 되어 버린 기분이었다.

　새벽 5시의 세 번째 종소리를 들으며 막스는 지금과는 달랐던 과거를 떠올렸다. 그는 희망이 허락되었던 찬란한 나날들을 되돌아보았다. 대학에서, 고등학교에서, 거리에서, 카페에서, 도시에서, 시골에서 프랑스인들은 철학과 대화라는 악령에 사로잡혔었다. 그때의 프랑스인들은 모든 것에 대해 자율적으로 사유해도 된다고 생각했다. 솔직히, 그러한 시대를 누려 보지 못한 자들은 불평해야 마땅하다.

　하지만 축제는 갑자기 중단되었고, 하늘은 대번에 컴컴해졌으며, 친구들은 순식간에 폭삭 늙어 버렸다. 몇몇 친구들은 결혼을 하고 애를 낳더니 파리 근교에 둥지를 틀었다. 그건 일종의 냉랭한 공포였다. 텔레비전에는 알록달록한 재킷을 입은 광대들이 '철학자'를 자처하고 나와서 서로의 말을 가로채는 연기를 했다. 소르본에서는 한 성질 하는 스승들이 얼빠진 대학생들 앞에서 주저리주저리 독백을 토해 냈다(어쩌다가 대학으로 흘러들어온 좀비들에게 '대학생'이라는 아름다운 칭호를 붙일 수 있다면 말이다). 이 애늙은이들은 열심히 필기를 하고 답안지에 고개를 처박고 살았다. 굽어 있는 목덜미들이 가련한지고! 서점에는 장례식 뺨치는 침묵이 감돌았고 손님들은 사이클 선수의 자서전이나 찾아 읽었다. *

---

* 암으로 투병하면서 투르 드 프랑스에서 우승한 랜스 암스트롱 회고록이 세계적인 인기를 모았던 것을 말한다. - 이하 역자주

철학의 침묵

새벽 5시의 네 번째 종소리를 들으며 막스는 한때 철학을 가르치고 싶어 했던 자신의 꿈을 기억했다. 그는 젊은이들의 의식을 각성시키고 비판 정신에 불을 놓고 싶었다. 눈물 흘리는 제자들 앞에서 의연하게 독배를 들이켰던 소크라테스의 죽음에 대하여, 언제까지고 지치지 않고 논평을 하고 싶었다. 고3 수험생 시절, 초원의 기병처럼 위풍당당하게 철학사를 누비며 학생들을 가르치던 베르베리앙 선생님을 보면서 막스는 그런 사명감을 품었더랬다. 그 뒤에 바칼로레아 철학 논술 고사에서 매우 우수한 성적을 받고 소르본 대학 1학년에 입학한 막스는 오스카 폰 발타자르 교수의 압도적인 강의를 들으면서 이 사명감을 더욱 확고히 했다. 얼마나 대단한 사람이었던가! 칼날처럼 단호하고 카랑카랑 울리는 그 목소리에 강의실의 기둥마저 쩍쩍 금이 가는 듯했다. 모든 것을 다시 생각하고 다시 다루어야 했다. 강의실에서 스승님은 언제나 스탠드 조명 아래에 종이 한 장을 꺼내 놓곤 했다. 그리고 종교를 방불케 하는 침묵 속에서 홀로 입을 여는 것이었다. 스승님이 어떤 철학자의 글을 인용할 일이 있으면 조교들이 책을 넘겨주었다. 막스는 스승이 꺼내 놓는 종이가 사실은 아무것도 쓰여 있지 않은 백지라는 사실을 나중에야 알았다. 오스카 폰 발타자르 교수는 강의를 따로 준비할 필요가 없었던 것이다. 그는 늘 즉흥적으로 강의를 했다. 막스도 필기 따위는 하지 않았다. 그는 차근차근 꾸준하게 공부를 했고 기말 시험은 밤낮으로 매달려 준비했다. 필기시험을 너끈히 통과한 뒤에는 '침묵의 의미와 관건'이라는 주제를 잡아 구두시험을 준비했다. 구두시험이라는 까다로운 평가는 이미 작성된 내용을 줄줄 외우는 데 익숙한 학생들을 좌절시키기 일쑤였지만 막스는 두렵지 않았다. 침착하고 의연한 전진이 있을 뿐이니! 막스는 7월인데도 을씨년스럽고 추적추적 비가 내리던 그날의 날씨를 유감스러워할 겨를도 없었다. 빈 강의실에서 혼자 구두시험을 준비하던 여섯 시간이 몇 초밖에 안 되는 것처럼 짧게 느껴졌으니까. 문이 열렸다. 이제 곧 남자들로만 구성된 냉정하고 초연한 심사위원단을 마주하게 될 터였다. 심사위원장은 툭 튀어나온 눈으로 막스를 바라보고는 자기 앞에 있던 종을 울렸다.

구두시험 응시자 막스 드 쿨이 입을 열 차례였다. 하지만 그의 목구멍에서는 아무 말도 나오지 않았다. 눈앞이 시커메졌고, 심장이 미친 듯이 뛰고, 구슬땀이 흘렀다. 심사위원들이 서로 얼굴을 바라보았다. 심사위원장이 다시 한 번 주제를 발표했다. "침묵의 의미와 관건." 그러자 구두시험을 지켜보던 관객 중 하나가 폭소를 터뜨렸고 또 다른 누군가는 크게 외쳤다. "적어도 주제를 다루고 있긴 하네요!" 막스는 준비한 도입부를 입 밖으로 뱉으려고 안간힘을 썼다. '비트겐슈타인은 침묵했지만 그 침묵은 비트겐슈타인다운 것이었습니다' 라고 말이다. 하지만 말이 나오지 않았다. 심사위원장은 눈을 동그랗게 뜨고 그를 노려보았다. 처음에는 놀라는 눈치였지만 나중에는 막스가 못된 장난을 친다고 생각했는지 심기가 불편해 보였다. 결국 막스는 자리에서 일어나 소르본 대학의 작은 문을 통해 밖으로 나왔다. 참으로 서글픈 이야기 아닌가? 몇 달 뒤, 그는 그 참담한 패배의 현장에서 몇 미터밖에 떨어져 있지 않은 팡테옹 광장에서 택시 일을 시작했다. 가끔은 시험에 무사히 통과한 대학 동기들을 손님으로 태우기도 했다.

컴백

다섯 번째 종소리가 울렸을 때 뒷좌석 문이 '쾅' 하고 닫히면서 명령이 떨어졌다.

"소르본으로!"

칼날처럼 신랄한 이 음성을 어찌 잊겠는가? 사람으로 미어터지는 원형 강의실을 그토록 여러 번 전율하게 했던 이 음성. 그토록 찬사를 받던 스승님의 음성을 알아듣지 못할 리가 있나. 막스는 실내 백미러로 전설적인 몬테크리스티 파나마모자를 확인했다. 하지만 모자 아래의 얼굴은 달라져 있었다. 왼쪽 뺨을 길게 가로지르는 흉터 때문에 얼굴은 수상쩍은 해적 같은 분위기를 풍겼다. 오, 기뻐하라! 칼을 뽑아라! 실패, 패주, 원한, 우울한 나날들, 이러지도 저러지도 못했던 갈등이 대번에 잊혔다. 오스카 폰 발타자르가 돌아왔나니.

이제부터는 의문이 아니라 대답의 시간이다. 왜 10년 전 스승님이 칸트에 대해 설명하다 말고 불현듯 학생들을 버리고 떠났는지 궁금해 하지 않아도 된다. 그때 스승님은 그 학기 내내 이어진 강의의 결론, 즉 '숭고sublime'란 무엇인가에 대해 가르치려던 참이었다. 그런데 스승님은 갑자기 입을 다물고 학생들을 멍하니 바라보다가 한마디 설명도 없이 원형 강의실에서 나가 버렸다. 그 뒤 아무도 그를 다시 보지 못했다. 강의는 그 상태로 중단되었다. 그래도 스승님의 극렬 추종자들은 위엄 넘치는 강단이 텅 비어 있거나 말거나 화요일 오후가 되면 어김없이 그 강의실을 찾아왔다. 어떤 이들은 소곤소곤 수다를 떨었고 어떤 이들은 책을 읽었다. 강의실에 앉아 말없이 뜨개질을 하던 여학생도 있었다. 그들은 스승님이 돌아오기를 기다리고 있었다. 그러나 연말이 되고 학기가 끝나자 최후의 신도들까지 흩어지고 말았다.

오스카 폰 발타자르의 실종에 관한 기사들도 더러 등장했다. 기자들은 그의 이론이 막다른 골목에 봉착했기 때문에 도피 외에는 다른 방법이 없었을 거라고 떠들어 댔다. '숭고에 대해 다루면서 칸트를 뛰어넘기 바라다니, 꿈도 야무지지!' 어떤 이들은 이 실종 사건을 수없이 반복된 《환희》의 출간 지연과 관련지어 생각했다. 오스카 폰 발타자르의 대표작이 될 거라고 처음부터 소문이 무성했던 이 책은 출간 예고만 실컷 한 뒤 결코 독자들에게 선보이지 못했다. 그를 오베르뉴에서 봤다는 사람이 있는가 하면, 같은 시기에 티베트에서 봤다는 사람도 있었다.

그 뒤 월드컵이 한 번 지나갔다. 두 번째 월드컵도 지나갔다. 기자들은 관심을 껐고 오스카 폰 발타자르는 잊혔다. 이제《환희》의 출간을 기다리는 사람은 없었다. 그저 파리에서 영업 중인 택시 한 대만이 아직도 그를 기억하고 있을 뿐이었다.

최종 공격을 향하여!

철학자는 숨을 들이켜 가죽 냄새를 맡고 손으로 카시트를 쓸어 보더니 단호하게 외쳤다.

"소르본으로!"

"어떤 길로 갈까요?" 막스는 뒤를 돌아보며 물었다.

오스카 폰 발타자르는 대번에 그를 알아보았다.

"드 쿨! 자네는 하나도 안 변했군. 기억 나네…… . 항상 맨 앞줄에 앉아서 필기는 안 하고 강의에만 집중했었지. 늘 검정색 터틀넥을 입었고, 옆자리에는 예쁘장한 갈색 머리 여학생이 앉아 있었어. 자네가 올레 라프륀(프랑스의 가톨릭 철학자 레옹 올레 라프륀Léon

Ollé-Laprune, 1839-1898을 말한다)에 대해서 보기 드물게 빼어난 발표를 했었지? 목소리 때문에 철학 교수 자격시험에서 물먹었다는 소식은 들었네. 그래도 또 도전했어야지! 생트 주느비에브 산에 처박힐 게 아니라 이듬해에 다시 응시를 했었어야지. 하지만 허송세월이란 없다네! 철학을 하기에 너무 이른 때는 가끔 있어도 너무 늦은 때는 없어! 나를 위해 이것만은 해주게. 내가 왜 떠났는지, 왜 돌아왔는지 절대로 묻지 말아 주게. 그리고 당장 나를 소르본으로 데려가 주게!"

"저는 기꺼이 그러고 싶습니다만, 여기서 500미터만 가면 소르본 정문인데요."

"누가 자네보고 소르본까지 곧장 데려다 달라고 했나? 난 최단 거리에 광적으로 집착하는 손님이 아니네. 자네는 우회의 묘를 아나? 자네가 요리조리 잘 돌아다니다가 오늘 저녁 즈음에 소르본에 도착한다면 팁을 두 배로 주겠네! 그 전에는 안 돼, 학회는 저녁 8시에 시작된단 말일세. 발표자 명단에 내 이름은 없지만 난 좌담회를 급습할 생각이네. 오스카 폰 발타자르가 발언하겠다는데 거부는 못할 테지. 한 덩치 한다는 경비원도 내가 분노하면 벌벌 떨지 않을 수 없을걸. 오늘 저녁 급습은 최종 공격이 될 걸세! 커다란 원형 강의실에서 나는 그 장소와 옛 제자들의 지지를 얻을 거야. 나는 제자들에게 철학 선생이 되라고 가르친 게 아니라 영웅적인 일을 저지르라고 가르쳤네. 나는 이 환희 넘치는 철학의 봉기를 기념하여 기조연설을 할 생각이야. 나의 연설은 사팔뜨기 무리와 대머리 무리의 야합을 깨뜨리고 '철학을 위해' 사는 것이 아니라 '철학으로' 먹고사는 모든 이들을 규탄할 걸세! 자네는 내 편에 서겠지, 안 그런가?"

"여부가 있겠습니까! 하지만 사르트르는 사팔뜨기였고 푸코는 대머리였는데요. 그렇다고 해서 그들이……."

"모든 것이 사라져야 해! 내가 돌아왔다는 소문만으로도 철학 강의와 연구 지도는 크게 달라질 테지. 기계는 멈추고 젊은이들은 들고일어나겠지. 이제 그 무엇도 예전 같지 않을 것이야! 내 말대로 하는 게 이로울걸. 나는 결코 논술고사 수험생들이 붙잡고 늘어지는 철학자는 되지 않겠네. 나는 오늘 저녁 나의 조상 헤르만 폰 발타자르의 발자취를 따르고 싶네. 그분은 피에르 아벨라르Pierre Abelard*의 용감한 친구였지. 그분은 1120년에 사흘간의 '논쟁disputatio'으로 클레르보의 베르나르를 지지하던 자들을 꼼짝 못하게 몰아세웠다네. 헤르만의 말은 투석기처럼 힘이 넘치고 펄펄 끓는 기름처럼 뜨거웠지. 나는 폭력을 쓰지 않되 인정사정 보지 않고 소르본을 공략할 거라네. 무조건 개정改正이야! 모든 것이 명쾌해지도록 나의 모든 것을 걸겠네. 어차피 나는 지위나 보직이 없으니 잃을 게 없어. 나는 일대 사건으로 기록될 연설을 할 테고, 철학과는 토대부터 싹 갈아엎어야

* 중세의 신학자이자 철학자이다. 스무 살 연하의 엘로이즈와 열렬한 사랑에 빠졌으나 거세라는 끔찍한 복수를 당한다. 엘로이즈와 주고받은 서한문이 출간되어 큰 반향을 불러일으켰다.

해. 세상은 이제 달라질 거고, 나는 준비가 됐네. 무기는 어디 있
냐고? (자기 머리통을 가리키며) 여기에 있지. 아주 특별한 이 뇌의
뉴런들을 전부 풀어 줘야겠어. 더 이상의 성찰은 나에게도 고문
이 될걸. 더구나 나는 즉흥적인 사유에 일가견이 있지 않나. 그
리고 괜히 이 동네에서 얼쩡대면서 세간의 의혹을 불러일으키고
싶지 않다는 말도 해 두지. 아닌 밤중에 홍두깨처럼 등장해야
해. 전광석화 같은 급습이어야 한다고. 사전 작업은 다 끝났네.
오늘 저녁까지 내 정체가 드러나선 안 돼. 전략상의 은폐인 셈이
지! 자네의 위풍당당한 DS가 나에게 꼭 맞는 은신처, 나의 감옥
이자 나만의 잠함潛函이 될 걸세. 이 차는 부패한 세대의 세계를
초월하여 에테르 사이를 떠도는 거야. 이거, 벌써부터 마음이 편
안하구먼! 꽉 막혀 있지도 않고, 거치적거리는 것도 없고…… 사
람들과 도시가 보이지만 구경꾼 입장에서 거리를 두고 볼 수 있
으니 좋군. 나의 새로운 표준 시간대에 익숙해지는 법을 배워야
지. 길은 자네가 선택하게. 멀찍이 둘러 가다가 내가 원하는 시
각에 격전지 앞에서 내려 주게나. 이 결전의 날에 자네를 만나다
니 나는 참으로 운이 좋으이. 자네는 신중하고 똘똘하고 운전
솜씨가 능숙한 사람이지. 자네를 믿겠네. 자네는 이 상황에 딱
맞춘 듯한 사람일세."

하이드롤릭 유닛의 중요성

크고 넓적한 가오리가 바다에서 유영하듯 막스의 DS가 한산한 생 미셸 대로를 유유하지만 힘차게 서행하는 동안 철학 교수는 중산층 냄새가 확 나게 변해 버린 라탱 구역을 바라보며 경악을 금치 못했다. 사방이 웃기게였다! 은행, 환전소, 복사 및 디지털 현상소가 널려 있었다! 아니, 서점들은 다 어디 갔담? 무슨 전쟁이 일어났기에 이 아름다운 동네가 이 지경이 됐나? 조직적인 저항 운동 따위는 일어나지 않았나? 사유는 적들을 피해 어디로 몸을 숨겼나? 다행히도 DS는 남아 있었다.

"이보다 더 좋을 수는 없었겠군. 이 차는 그 어떤 차보다 철학적이야. 시트로앵 사社의 엔지니어들은 그리스적인 영혼의 소유자들이지. 불의 추진력으로, 우툴두툴한 흙길을 피해 물과 바람에 힘입어 달린다! 물, 불, 흙, 바람의 4원소를 망라하는 이 형이상학적 기획은 소크라테스 이전 철학자들을 방불케 하지 않나! 파노라마가 펼쳐지는 앞 차창이 제안하는 이 세계관, 이 감흥…… 의심의 여지가 없네, 우리는 이상적인 사색과 대화의 장소에 와 있는 거야."

막스는 수줍음을 억누르고 자신이 기술적으로 아는 바를 주워섬겼다.

"하이드로뉴매틱 서스펜션 장치 덕분에 각각의 바퀴는 독립적으로 작용합니다. 그래서 도로의 충격을 자동차가 모두 흡수하지요. 덕분에 노면 상태가 느껴지지 않습니다. 차량이 흔들리거나 타이어에 펑크가 나도 승차감은 계속 유지되는 거죠. 게다가 이 회로가 브레이크와 파워스티어링에도 쓰일 걸요."

"브라보! 절대정신이 여기 하이드로뉴매틱 장치의 수수께끼에 있구먼! 널리 알려진 대로 몸뚱이가 느슨하게 풀어지면 굉장한 행복감을 느끼게 되곤 하지. 플라톤의 《향연》에서 그리스인들이 술을 통해 구하고자 했던 행복감이 바로 이것일세. 혀와 뉴런이 제멋대로 풀릴 때 지성은 크게 도약하지. 족쇄에서 벗어나 자유로이 생각하며 쓸데없이 시간 죽이지 않고 토론할 때가 왔네. '위풍당당하고 활기차게'가 우리의 모토가 될 거야. 세계 시장에서 벗어날 기회, 풍문에 휩쓸리지 않고 금세기를 관조할 기회, 숭고를 만나고 탁월성과 친밀해질 기회는 참으로 드물지. 그 어떤 진부함도 봐주지 않을 걸세! '실제 기온은 차다'는 등 '계절에 비해 좋은 날씨'라는 등 구태의연한 일기예보 같은 소리는 집어치우라고! 우리는 독창적이고 눈부신 생각과 경이적인 말과 충격적인 역설만을 서로 주고받을 걸세. 심약해져선 안 돼! 우리는 동등한 입장에서 대화를 나눌 테니 난 이제 자네의 스승이 아니네. 나는 누구를 추종한다는 것이 누구를 이끄는 것 못지않게 가증스러운 일이라고 생각하네."

철학 교수가 말을 하는데 자동차 계기판에 빨간 표시등이 들어왔다. 운전대가 뻑뻑하다 싶더니 차체가 흔들렸다. 막스는 하이드롤릭 유닛에 뭔가 문제가 생겼음을 직감했다. 그는 자신을 마구 책망했다. '하이드롤릭 유닛의 불순물을 미리 제거했어야 했는데. 하이드롤릭 유닛에 들어가는 붉은 유압액에는 알코올이 들어 있잖아. 알코올은 물을 만나면 변질되어 녹을 유발한단 말이야.'

철학을 하는 데 없어서는 안 될 몇 가지 부속품

생 드니 바실리카 바로 옆에 위치한 마시모 델아모레 정비소는 거대한 수술실처럼 생겼다. 그을음이나 기름때는 찾아볼 수 없었고, 타이어가 구석에 산더미처럼 쌓여 있지도 않았으며, 모든 연장과 공구가 가지런히 정돈돼 있었다. 마시모는 피렌체 장인이 수작업으로 생산하는 페라가모 송아지 가죽 모카신을 신고 있었다. 그 명품 구두에는 앞 주름이 잡힌 발목 길이의 명품 팬츠가 어울렸고, 그 팬츠에는 몸에 꼭 맞는 명품 셔츠가 어울렸으며, 그 셔츠의 멋을 더하려면 명품 선글라스를 헤어밴드처럼 머리 위에 떡하니 걸쳐 써야 했다. 그래서 마시모는 머리부터 발끝까지 멋에 관한 한 흠잡을 데가 없었다. 어떤 상황에서도 그의 하얀 모카신은 순백색을 유지했다. 마시모는 컬렉션용 자동차를 전문으로 다루었으며 특히 시트로앵 DS에 한해서는 유럽 최고의 정비사였다.

뿐만 아니라 마시모만큼 호의적인 친구는 찾아보기 힘들었다. 과거에 그는 막스에게 새로 튜닝한 검정색 DS를 이보다 더 좋을 수 없는 가격으로 팔았을 뿐만 아니라 한 줄기 구원과도 같은 아이디어까지 던져 주었다.

"택시를 해, 이 친구야! 금방 단골이 생길걸! 검정색 DS를 택시로 타다니, 회장이라도 된 듯한 기분이 들 꺼야."

"뭔가 한 가지라도 그런 기분을 느껴야 살맛도 나겠지, 암." 막스 드 쿨도 맞장구를 쳤다.

그때부터 마시모는 막스의 DS를 엔진, 차체, 부속품에 이르기까지 열성적으로 관리해 주었다. 이를테면 어떤 헝가리 콜렉터에게서 1962년산 싱크로레이버synchro-lavor를 구해 주기도 했고 1950년대식으로 큼지막한 버튼을 눌러 작동시키는 오토매틱 카라디오를 장착해 주기도 했다. 그로써 삶은 훨씬 지낼 만한 것이 되었다.

오스카 폰 발타자르는 택시에서 내리기 무섭게 마시모의 페라가모 모카신에 눈길을 주었다. 그는 마시모에게 자기가 그 구두를 살 수 있을지 물었다.

"안 됩니다! 제 발에 맞춰 제작한 거 거든요." 마시모는 차분하게 대꾸했다.

"거 참 유감이구먼. 생각을 잘하려면 좋은 신발을 신어야 하거든. 내 경우에는 발에서부터 공기가 위로 솟아올라 뇌에 산소를 공급하지. 철학자에게는 신발이 정말 중요하다오."

"어쩌면 선생님께 맞을 만한 다른 신발이 있을지도 모르겠습니다."

사람 좋은 마시모는 선뜻 그렇게 호의를 베풀었다.

그는 부품 가게로 들어가서 또 다른 흰색 모카신을 들고 나왔다. 오스카는 그 신발을 신고 파나마모자를 쓴 뒤 거울에 비친 자기 모습을 확인했다.

"이렇게 모자를 쓰고 이렇게 신을 신었으니 개념을 구상할 준비는 끝났네!"

블랑딘 양의 기적적인 등장

막스에게 사랑은 귀에서부터 시작됐다. 그는 저음의 여자 목소리에 정신을 못 차렸다. 옛날 사람 중에서는 일명 '그랜드 마드무아젤'이라고 불린 몽팡시에 공작부인 안 마리 루이즈 도를레앙*이 아마도 그렇게 약간 목이 쉰 듯한 특별한 음성의 소유자였을 것이다. 그로부터 몇 백 년 후의 인물로는 델핀 세이리그**가

---

* 루이 8세의 동생인 오를레앙 공작 가스통의 딸. 역사상 처음으로 '마드무아젤'이라는 호칭을 얻었다고 한다.
** 〈지난해 마리앵바드에서〉, 〈인디아 송〉 등의 영화에 출연한 프랑스 여배우.

그런 목소리를 가졌다. 그런데 바로 지금, 그 목소리가 막스의 뒤에서 이렇게 묻는 것이었다.

"타도 돼요?"

뒤를 돌아보니 키가 크고 가무잡잡한 갈색 머리의 여인이 서 있었다. 그녀의 초록빛 눈동자에는 생기가 번득였다. 그 성스러운 안광을 그리스인들이 '카리스마khárisma', 즉 '은총'이라고 부르지 않았던가. 바로 지금 막스의 눈에 비친 블랑딘에게는(이것이 그녀의 이름이었다.) 봄날과 남쪽 나라를 동시에 연상시키는 카리스마가 분명히 있었다. 그러니까 보티첼리와 소피아 로렌이 결혼해서 딸을 낳으면 이런 분위기가 아닐까. 블랑딘은 7년째 마시모와 동거 중이었다. 마시모가 가는 곳이면 어디든 함께 갔으며 그 때문에 엄청난 희생을 감수해야 했다. 블랑딘은 바칼로레아 시험을 치르지 못했다. 시험 당일에 마시모와 함께 몬자 그랑프리를 보러 가야 했기 때문이다. 그녀가 사법관 시험을 치르는 날과 스파 그랑프리가 겹치는 바람에 그녀는 사법관이 될 수 없었다. 게다가 지금 마시모는 블랑딘의 취업 면접이 있는 날에 모나코 그랑프리 테스트 시험 주행을 보러 가야 한다고 강요하고 있었다. 블랑딘은 프랑스 철도청SNCF에서 기차의 출발, 도착, 지연 등을 알리는 안내 방송 요원직에 지원한 참이었다.

오스카가 거울을 들여다보는 동안 블랑딘 양의 등장에 넋이 쏙 빠진 막스는 뭔가 재치 있게 대꾸할 말이 없을지 고민했다. 어이할거나! 이토록 재치가 절실하게 요구되는 결정적 순간이야말로 막스의 재치가 바닥나는 순간이었으니.

"지금 괜찮으세요? 이 택시에 타도 되냐고요." 블랑딘 양이 기다리다 못해 다시 한 번 물었다.

"자유는 아주 방대한 주제라서요……."*

헛다리를 짚으려는 막스를 구해준 것은 마시모였다.

"서스펜션에 문제가 있는 것 같은데. 스피어가 마모됐어.. 이번 주말까지 새 부품을 마련해 놓을게. 그러니까 당분간 차에 짐을 많이 싣지 마. 한 번에 두 명 이상은 태우지 말라고!"

블랑딘은 돌이킬 수 없는 결단에 따라 이제는 '전 동거남'이 되어 버린 마시모를 불렀다.

"마시모, 안녕! 난 당신과 모나코 그랑프리에 가지 않을 거야. 그리고 당신은 나랑 결혼할 마음도 없잖아."

"당신이 언제 결혼하고 싶다고 그랬어?"

"물어본 적도 없잖아!"

멋쟁이 정비사는 침착하게 열여섯 자리 숫자 카드키를 작업대에 올려놓았다.

"이제 어디로 갈 건데?"

"빈 택시를 찾았어. 그걸 타려고……."

"먼저 탄 손님이 있어요. 합승이 가능한지 여쭈어야만……."

오스카는 정식으로 상황에 대한 설명을 들었다. 그러고는 너

* "형편이 괜찮습니까(Vous êtes libre)?"라는 프랑스어 표현을 직역하면 "자유로우십니까?"가 되기 때문에 막스는 이렇게 동문서답을 한 것이다.

그러운 대부호처럼 순순히 허락했다.

"DS는 충분히 널찍하니 아가씨가 합승해도 좋겠지. 하지만 우리 행선지가 소르본이라는 말을 해야 하지 않겠나."

"소르본? 그럼 다른 차를 타야겠네요!"

"잘 돌봐 주게." 자신의 주인이자 우주의 주인인 마시모가 막스에게 당부했다.

"블랑딘 말인가?"

"아니, 고압 펌프 말이야. 고압 펌프가 작동을 안 해. 뜯어서 봐야 하는데 그러려면 캘리퍼와 밸브에 특별한 문제가 없다고 해도 최소한 하루는 잡아먹을 거야. 그런데 지금 나한테는 정비 키트와 그에 맞는 조인트도 없어. 그러니 내가 보냈다고 하고 사르셀의 그레구아르를 찾아가 봐."

DS는 후진으로 빠졌다가 정비소를 나왔다. 마시모는 오스카와 나란히 뒷좌석에 앉은 블랑딘에게 눈길 한 번 주지 않고 정비 리프트 아래로 들어가 다시 일에 매달렸다. 하지만 마시모가 이 일을 시작한 이후 처음으로, 시커먼 기름 두 방울이 그의 하얀 모카신에 떨어지고 말았다.

철학자가 상스러운 말을 할 수도 있을까?

철학자는 어떻게 말을 하는가? 실수로 망치에 손가락을 찧었을 때, 철학자도 보통 사람들처럼 욕설을 내뱉을까? 교통 정체 구간에서 옴짝달싹 못할 때 상소리를 구시렁대면서도 체면을 구기지 않을 수 있을까? 그렇다면 철학자는 어떤 욕을 해야 하나? 아니, 철학자는 욕설도 골라 가며 해야 하는 걸까?

생 드니 바실리카 앞 첫 번째 교차로에서 이러한 의문들이 일어나기 시작했다. 그 와중에도 오스카 폰 발타자르는 차창을 내리고 성당 정문과 거기에 새겨진 인물들을 감상했다. 주님의 자비를 구하는 쉬제*, 어리석은 처녀들과 지혜로운 처녀들, 왕좌에 앉은 그리스도, 불의 검을 든 천사와 뿔피리를 든 천사. 오스카의 머릿속에서 노랫말이 울려 퍼졌다.

가죽을 찢고 창자를 가르라!
사방으로 피가 흘러넘치도록!

혼자만의 상념에 푹 빠진 철학자는 바로 옆에 스쿠터가 멈춰 서는 것도 깨닫지 못했다. 스쿠터를 몰던 놈은 못된 말벌이 다

* 생 드니 바실리카의 건립을 주도한 프랑스 성직자 겸 정치가.

리를 뻗듯, 이탈리아어로 '베스파Vespa'라는 바로 그 말벌처럼, 차 창 안으로 손을 뻗어 시트에 있던 몬테크리스티 파나마모자를 냉큼 낚아챘다. 하여간 보는 눈은 있어가지고! 도둑놈은 촘촘하고 섬세한 원단, 정수리 부분의 고급스러운 장미창 장식, 풍미 없는 섬유소라고 믿기지 않는 은은한 밀짚 냄새를 알아보았던 것이다.

막스는 도둑놈을 추적하려고 가속 페달을 밟았다. 하지만 이 중 주차되어 있던 구급차 때문에 지나갈 수가 없었다. 오스카가 고함을 질렀다.

"저 병신새끼 추월해!"

독자들에게 사실을 숨겨 봤자 무슨 소용이 있을까. 막스 드 쿨은 스승님이자 위대한 사상가의 입에서 튀어나온 '병신새끼'라는 말에 충격을 받았다. 몰상식, 오점, 과오, 실추, 실망, 추락…… 수많은 단어들이 막스의 뇌리를 스치고 지나갔다. 택시 운전사는 언제나 철학자를 고양, 극기, 절제, 금욕, 승화, 고결의 화신처럼 생각해 왔다. 철학자라는 칭호에 부끄럽지 않으려면 아무리 화가 나더라도 "저 병신새끼 추월해!" 같은 말은 하지 않아야 하는 것 아닌가. 막스는 택시 운전사로서 절대로 이성을 잃고 흥분하지 않을 것, 진상 중의 진상 운전자를 만나더라도 욕하지 말 것을 나름의 준칙으로 삼았다. 욕을 내뱉는 것은 운전자의 법도가 아니라 여겼고, 대놓고 기분 나쁘다는 표를 낼 수밖에 없는 불가피한 상황이란 없다고 생각했다. 사실 파리에서

든 마르세유에서든 놀랄 만큼 차분하고 유쾌하게 운전하는 택시가 더러 있다.

그래서 막스는 속으로 생각했다.

'택시 운전사도 할 수 있는 일을 철학자가 왜 못하는 거야? 위대한 정신의 소유자는 언행이 일치해야 하는 거 아냐? "저 병신새끼 추월해"라는 생각을 생각이라고 할 수 있을까? 철학자는 언제나 철학자잖아. 차가 아무리 막혀도 철학자잖아. 정신적인 인간도 육체를 지닌 이상 사소한 실수들을 피할 수는 없겠지만 삶에 스타일을 부여하는 좋은 표현을 찾아야 하는 거잖아. 그렇게 탁월성(그리스어 '아레테'에 해당하는 철학적 개념)을 요구하지 않는다면 우리 인간은 뭐가 되겠어?'

허투루 쓰는 개념들에 대하여

구급차는 앞으로 조금도 나가지 못했다. 세미트레일러 한 대가 버스를 끌고 가려고 온 견인차를 피해 빙 돌아가느라 낑낑대고 있었기 때문이다. 도로 상황이 꽤 복잡하게 꼬여 있었다.

"엉망진창이군, 윤락가도 아니고!" 막스의 DS 바로 뒤를 따라오던 차가 소리를 질렀다.

"그런 식으로 개념을 혼동하지 말아 주시오! '윤락가'가 '아수라장'과 동의어는 아니지 않소. 말은 똑바로 합시다. 윤락가가 얼마나 조직적인지 아시오. 거기에도 나름대로 규칙이 있고 기강이 있소. 윤락가에서 재미 보는 시간이나 화대가 아무렇게나 정해지는 줄 아시오? 당신, 에로스 센터*가 파업하는 거 봤소? 모든 회사가 윤락가 같기만 해도 걱정할 게 없을걸!" 오스카가 뒤를 돌아보며 성질을 냈다.

"난 그냥 도로 상황이 시장 바닥 같다는 뜻으로 말한 겁니다." 뒤 차 운전자는 당황하며 말했다.

"그 말 당장 취소하시오! 시장에도 자체적인 규정이 있고, 관행과 약속이 있소. '도떼기시장'이니 뭐니 하는 말은 꺼내지도 마시오. 당신이 바보라고 빼도 박도 못하게 인증하는 꼴이 될 테니까. 도떼기시장 사람들이 얼마나 질서와 능률을 좋아하는지 아시오! 그 점에서는 '서커스' 사람들도 마찬가지지. 곡예사, 마술사, 맹수 조련사들은 1밀리미터까지 철저하게 계산해서 움직이지. 광대들이 하는 말은 대학 교수 나부랭이들이 하는 말보다 훨씬 더 정확하다오. '무정부 상태'라는 말은 꺼낼 생각도 마시오. 무정부 상태란 실제로는 현재의 혼란을 대체하는 새로운 질서를 뜻하는 거요. 그러니 이 딱한 양반아, 개념들을 허투루 쓰지 말란 말이오! 아무리 운전 중이라고 해도 그건 용납이 안 돼!" 오스카는 호통을 쳤다.

* 유럽에서 볼 수 있는 대형 윤락 업소.

"송구합니다!" 운전자는 급히 사과한 뒤 시야에서 사라졌다. 이제 막 길이 뚫렸던 것이다.

이 광경을 쭉 지켜보던 블랑딘은 빈정대고 싶은 마음을 참지 못하고 말했다.

"오스카 선생님은 남들에게는 정확한 개념에 대해 잘도 말씀하시면서 정작 본인은 '병신'이라는 말을 아무렇지도 않게 쓰시네요. 그런데 '병신'이라고 내뱉는 순간, 자기가 무슨 말을 하고 있는지 알기는 하세요?"

"아니, 사실은 나도 모르는 사이에 나오는 말이지. 아가씨는 지금 서구 형이상학의 최대 난제 중 하나를 지적한 거요. 하지만 어쩌겠소. 나도 몇 년째 그 문제에 매달렸지만 실패만 맛보았소. 그래도 해답을 엿보았다고 생각은 하오. 그러니까 우리가 말할 수 있는 건……."

이런! 바로 그 순간, 주위에서 요란한 경적 소리가 울렸다. 다시 정체가 시작되면서 오스카의 설명을 듣기가 어려워졌다. 그들은 답을 듣지 못했을 뿐 아니라 뭐가 문제였는지조차 잠시 잊었다.

일곱 개의 피스톤이 달린 펌프

그들이 겨우겨우 정오가 다 되어 사르셀에 도착하자 그레구아르가 반겨 주었다.

"마시모의 친구들이라면 내게도 친구들입니다. 시트로앵 고급형 DS와 보급형 ID 승용차의 고압 펌프에 문제가 생겼다면 열어 봐야 하는데 그러자면 228T 연장이 필요해요. 그게 없으면 벨하우징을 열어 봤자 헛수고입니다."

고네스에 갔더니 이레네가 두 손을 번쩍 들었다.

"펌프 조립 설계도가 필요할 것 같네요. 내가 할 수 있는 거라곤 지저분하고 곰팡이가 껴 있는 LHS 탱크를 소제하는 정도예요. 송곳으로 긁어내고 인산희석액으로 처리하는 거죠. 하지만 그것도 오늘은 안 돼요. 내일 다시 들러 주세요."

샹티이에 갔더니 앙브루아즈가 이렇게 말했다.

"50×12×16 메인베어링이 녹이 슬어서 맛이 갔네요. 그럭저럭 버틸 만한 부품으로 대체할 수도 있지만 아무래도 새 펌프 정품을 쓰는 게 이상적이지요."

상리스의 어느 공장 지대 구석에서 만난 크리소스톰이 그나마 위안이 되는 말을 해주었다.

"하이드롤릭 유닛은 내 전문 분야죠. 내가 책임지고 고칠 수 있습니다. 고정 볼트가 부식되었는지 아닌지가 관건이죠."

세 사람은 희망에 부풀어 산더미처럼 쌓인 타이어와 엔진 오일 깡통 사이에 소파 대신 덩그러니 놓여 있던 심카 1000 뒷좌석에 앉았다.

한 시간 후, 판결이 떨어졌다.

"펌프를 통째로 갈아야 합니다. 새 펌프를 갈 수 있는 정비사는 수아송에서 정비업을 하는 아타나즈*라는 사람밖에 없을 겁니다."

막스는 불안한 눈으로 벽시계를 보았다. 벌써 오후 5시였다!

'싸지르다'와 '행동하다'의 차이

크리소스톰은 벨하우징의 쇠고리가 말을 안 듣는다고 짜증을 냈다.

"어떤 병신이 일을 이딴 식으로 싸질러놨담!"

오스카 폰 발타자르는 막스와 블랑딘에게 근본적인 개념들이 이제 막 등장했다고 알렸다.

---

* 이 장에 등장하는 정비사들의 이름은 모두 철학자의 이름을 불어식으로 읽은 것이다. 그레구아르는 그레고리우스, 이레네는 이레나이우스, 앙브루아즈는 암브로시우스, 크리소스톰은 크리소스토모스, 아타나즈는 아타나시우스에 해당한다. 이들은 모두 가톨릭 교회의 철학적·신학적 토대를 마련한 교부철학자들이다.

"병신, 싸지르다, 드디어 우리는 진리의 평원*에 이르렀네! 드디어 인간 행동에 대해서 사유할 수 있게 되었어! 처음부터 모든 것이 지랄맞았지…… 조물주는 세상을 싸질러 놓았어. 사실은 그냥 아무거나 싸질러 놓고 그게 어쩌다 잘 통하면 그제야 자기가 왜 그런 짓을 했는지 이유를 갖다 붙이는 거야. 행동? 매일 아침 일어나기 위해서 뭘 믿거나 생각할 필요는 없지. 사실 우리 힘으로 결과를 어찌할 수 없는 어긋난 행동들이 있다는 걸 알고 있지 않나. 매순간 사악한 영들은 우리로 하여금 가장 간단한 몸짓을 잊어버리게 만들지. 그 영들이 친근한 사물들을 앗아가고, 우리의 헛바닥을 갈라지게 만든다네. 모든 일이 요행으로 일어나고 모든 것이 손가락 사이로 빠져나가지. 이러한 만물과 상황의 음모에 대항하여 우리는 처음부터 완전히 '싸질러 놓은' 존재들임을, 우리에게 운이 없음을 인정해야만 하네."

막스는 격하게 반발했다.

"고정 볼트를 해체하는 크리소스톰을 보십시오. 저 사람이야말로 인간 행동의 살아 있는 표본이 아니겠습니까. 저 눈부신 '호모 하빌리스 사피엔스homo habilis sapiens'를 보시라고요…… 완벽한 직립 자세, 두 손의 자유로운 사용, 막힘없는 행동, 소뇌의 발달, 기술자로서의 안목, 자동차, 유압 장치, 전기 등에 대한 해박한 이론적 지식, 기름때에 찌든 저 손과 마음속 깊은 곳의 도

---

* '진리의 평원'은 플라톤의 대화편 《파이드로스》에 언급된 표현이다.

덕 법칙, 보닛 아래 처박은 머리, 저 사람은 가설, 원인 규명, 절차 수립, 실행, 증명, 검증이라는 이상적 도식을 따르고 있습니다. 이게 바로 가장 고귀한 의미에서의 '행동'이 아니겠습니까. 저 사람은 지랄이나 하는 게 아닙니다!"

그때 크리소스톰이 투덜거렸다.

"펌프 기둥의 청동 고리가 문제인가……."

오스카가 고개를 절레절레 저었다.

"하찮은지고! 이 사람은 더듬더듬, 요렇게 조렇게, 그저 시행 착오를 거치고 있을 뿐일세. 게다가 우리에 갇힌 짐승처럼 한숨을 쉬고 땀까지 흘리고 있지 않나. 자네 말마따나 이 자가 두뇌로서의 인간이라면 땀을 흘릴 까닭이 없지. 땀은 싸질러진 인간이 싸지르는 것이니까. 철학자들은 지금까지 무엇인가를 이루거나 행동한다는 것에 대해서만 성찰했네. 그러니 나는 싸지르고, 빈둥대고, 뭉뚱그리고, 망가지는 쪽을 맡으려네. '병신 짓거리'에 대하여, '싸질러 놓은 것'에 대하여…… 그리하여 나는 결코 절망하거나 우울해하지 않네. 환상을 품지 않으면 실망할 일도 없으니까."

막스는 이에 반대했다.

"저는 그런 허무주의적 시각에 동의하지 않습니다. 크리소스톰이 수리를 하고 말 거라는 데 올레 라프뢴 전집을 걸고 내기해도 좋습니다."

오스카는 초조함을 견디지 못하고 몸을 뒤틀었다.

"환장하겠네! 수리를 한다 치자, 하지만 언제까지? 도대체 어디까지 가 봐야 하는 건데? 자네의 DS는 언젠가는 폐차될 운명이야. 사실 자네는 내가 구사하는 '싸지르다', '병신 짓거리', '지랄하다', '망가지다'라는 단어들의 미묘한 관계나 나의 체계에 내재하는 구도를 파악하기엔 아직 너무 어려. 설령 크리소스톰이 차를 고친다고 해도 달라질 건 없지 않나?"

크리소스톰이 미안하다는 표정으로 손을 닦는 바람에 그들의 대화는 중단되었다.

"펌프를 통째로 갈아야 합니다. 완전히 망가졌어요. 새 펌프로 갈 수 있는 정비사는 수아송에서 정비업을 하는 아타나즈라는 사람밖에 없을 겁니다. 피스톤 일곱 개짜리로요! 질소가 동나면 어떡하려고 이렇게 해놨는지!"

그는 하늘을 쳐다보았다.

"전 가끔 궁금합니다. 하늘나라에 계시다는 그분이 지랄하고 앉아 계신 건 아닌지."

택시 미터기와 흐르는 시간에 대하여

그들은 수아송으로 가는 도중에 속된 말로 '부르boer'라고 하는 이들이 세워 놓은 바리케이드에 가로막혔다. 부르는 여기저기 이동하면서 불시에 택시를 단속하는 경찰이다. 공무원 한 사람이 사근사근하게 인사를 하며 다가오더니 막스에게 영업 구역을 벗어난데다 랩 타이머까지 꺼 놓았다고 지적했다. 이렇게 한 꺼번에 두 가지 사항을 위반할 경우에는 현장에서 면허를 몰수할 수도 있다나. 오스카가 차창을 내리고 말했다.

"선생님, 고대 로마에도 일부 수레에는 택시 미터기 같은 장치가 있었다는 사실을 아십니까? 차축에 연동된 장치에서 조그만 구슬이 한 알씩 굴러 나오게 되어 있었다지요."

평생 교육의 혜택을 입은 공무원이 대꾸했다.

"압니다. 행선지에 도착한 승객은 굴러 나온 구슬을 세어 보고 그 개수에 따라 요금을 지불했지요."

"그럼 아르헨티나에서는 택시 표시등을 반데리타banderita*라고 부르는 것도 아십니까? 이 단어는 택시 미터기에서 나온 겁니다. 택시가 주행하는 동안 미터기에서 작은 깃발이 돌아가기 때문이지요."

"그것도 압니다. 주행을 시작할 때는 깃발을 보이지 않게 눌러 놓지요. 행선지에 도착할 즈음에는 반데리타가 다시 눈에 보이는 자리로 돌아와 있지요."

"그렇다면 누구에게나 택시 미터기나 출근 체크기가 측정하는 사회적 시간과는 무관한 자기 내면의 시간이 있다는 것도 아십

* 스페인어로 소형 깃발이라는 뜻이다.

니까? 사회 속의 모든 인간들에게 동일한 시간을 강요하는 것은 일종의 폭력입니다. 충분히 이야기되고 있지 않은 폭력이지요."

"저도 압니다. 내면의 시간은 불연속적이며 균일하지 않습니다. 그러한 시간은 시계로 측정할 수 있는 시간과 관계가 없지요. 저도 베르그송을 읽어서 알고 있습니다."

"공식 통계가 있다는 사실도 아십니까? 각기 다른 내면의 시계를 지닌 개인들에게 동일한 시간을 강요하면 심장 질환을 유발할 수 있다고 합니다."

단속 나온 공무원의 얼굴에 핏기가 가셨다.

"안타깝지만 선생님 말씀이 맞는 것 같습니다. 택시 미터기 일은 잊어버립시다."

그는 막스에게 말했다.

"가셔도 좋습니다. 하지만 택시 표시등을 꺼서 영업 중이 아님을 분명히 해주시기 바랍니다. 나는 가서 베르그송을 다시 읽어봐야겠습니다."

"사회적 시간과 택시 미터기는 가라! 지속이여, 만세!" 오스카는 차창 밖으로 그렇게 외쳤고 DS는 휭 소리를 내며 그 자리를 떴다.

참됨과 아름다움, 용모에 대하여

막스 드 쿨은 블랑딘 양에게 느끼는 애정으로 충만해 있었기에 자신이 그녀에게 화를 낼 수 있을 거란 생각은 꿈에도 해보지 않았다. 그래서 마랑베르 교차로의 르통드 출구 즈음에서 인내심이 바닥났을 때 누구보다 그 자신이 깜짝 놀랐다. 오스카 폰 발타자르는 뒷좌석에서 잠들어 있었고 아름다운 블랑딘은 '용모 바꾸기'라는 아이디어를 내놓은 참이었다.

"언제부터 사상가의 용모가 그렇게 중요해졌나요? 스피노자나 비트겐슈타인이 멋을 내는 사람들이었던가요?" 막스는 흥분해서 쏘아붙였다.

"난 그 사람들은 잘 몰라요. 하지만 지난번에 텔레비전에서 베르나르 앙리 레비를 봤는데 그 사람에 대해서 좋지 않은 얘기를 많이 들었는데도 불구하고 괜찮아 보이더라고요. 셔츠의 모양새에 그렇게 신경을 쓰는 사람이라면 사유의 토대도 가볍지 않을 거라고 생각했어요. 그리고 말인데요, 제발 앞 좀 똑바로 보고 차선을 지켜 주면 고맙겠어요! 화를 내며 운전하면 안 된다는 법은 없지만 지금 당신이 하는 건 결코 양식 있고 균형 잡힌 운전이라고 볼 수 없겠네요."

이에 막스는 호통이라도 치듯 말했다.

"요즘 사람들은 사상가를 망가뜨리고 있어요. 철학자를 스타로 만들려고 한다고요. 철학자는 패션 모델이 아니에요. 철학 선생의 자리는 책상 앞이란 말입니다!"

"나는요, 학교를 다닐 때에도 선생에게 빠진 적은 없어요. 대부분은 사는 게 즐거워 보이지 않더군요. 그들에겐 육체가 없다고 할까, 닮고 싶은 마음이 조금도 들지 않는 사람들한테서 어떻게 배움을 얻을 수 있겠어요?"

막스는 이 말에 분개했다.

"그러니까 당신은 가르침 자체보다 가르치는 사람이 더 중요하다는 말이군요. 당신은 유치원 단계를 벗어나지 못했네요. 당신은 앎 자체에는 관심이 없으니까요."

"천만의 말씀! 하지만 진리는 '현현顯現'을 통해서만 존재하죠. 그래서 나는 참됨은 아름다움과 불가분의 관계라고 생각해요."

막스는 이 말에 깜짝 놀라 진로를 벗어나고 말았다. 블랑딘의 입에서 플라톤적인 명제가 튀어나오리라고 예상하지 못했기 때문이다. 블랑딘은 대화에 심취한 나머지 막스가 진로에서 벗어난 것도 몰랐다.

"오스카 폰 발타자르는 잘생겼어요. 이 사람에게서는 낭만의 아우라, 태양의 평온함이 풍기죠. 이 사람은 공간을 사로잡아요. 이 사람이 늘 참된 말만 하는 건 아니지만 사람 자체가 참되다고 할까, 말하자면 진정성이 있어요."

막스는 불안해졌다.

"그렇다면 이 차에 합승한 이유가 이분 때문인가요?"

"마시모와 헤어지겠다는 결심은 이미 그 전에 섰죠……."

"하지만 왜 '나의' DS에 탄 거죠? 오스카와 나는 최후 공격에 나섰다고요. 벼락 같은 급습을 하려고 한단 말입니다. 그런데 당신은 나에게 오스카의 '용모look'에 대한 얘기나 하고……. 그건 프랑스어도 아니잖아요!"

"그럼 프랑스어로 '외양allure'을 중요하게 여길 줄 아는 사람이라고 해 두죠. 예를 들어, 아까 그 구두에 신경 쓰는 거 봐요. 하지만 이 사람은 그렇게 화려하진 않아요."

"우리는 하찮은 것에 얽매여 허우적대지만 선생님은 거대한 것을 걸고 계시잖아요! 앞으로 몇 시간 동안은 철학적으로 죽은 거나 다름없을 겁니다."

"여자들은 이런 타입에게 엄청나게 끌리죠. 내 생각에 이분은 태평양의 어느 섬에서 마오리족의 여추장과 결혼해 살았을 것 같아요. 그게 아니면 아프리카 어느 구석에 숨어서 무기 밀매와 인신매매를 일삼았다든가. 그 원기 왕성한 눈빛 봤죠? 피부는 또 어떻고요! 당신은 희멀겋고 매끈한데 이분은 벌채용 칼에 베인 것 같은 상처까지 달고……."

"벌채용 칼이라니요?"

"얼굴의 이 흉터를 봐요. 벌채용 칼을 들고 설치지 않는 이상, 이런 상처는 생길 수 없어요. 이분은 칼로 철학을 한 거예요. 이 흉터 말고도 온몸이 상처투성이일 게 분명해요."

"이 흉터요?《순수이성비판》을 읽으면서 수풀로 거리를 건다가 가로등에 부딪쳤겠죠! 선생님은 걸으면서 책을 읽는 나쁜 습관이 있었거든요."

블랑딘은 자지러지게 좋아했다.

"전사가 따로 없군요! 흉터가 이렇게 잘 어울릴 수 있을까요. 소르본의 교수들은 이분에게 한 입 거리밖에 안 될 거예요. 소르본에만 틀어박히다니, 안타까울 지경이네요. 이분은 더 나은 대접을 받을 자격이 있을 텐데."

"소르본이 가장 적격이에요. 우리는 그곳에서 진정한 승리를 거둘 겁니다. 바로 그곳에서 선생님은……."

"뭘 모르시네! 소르본은 텅 빈 조개껍데기예요. 이제 그곳에선 아무 일도 일어나지 않는다고요. 교수와 학생들이 기분 전환 삼아 어쩌다 한 번씩 돈 받고 공연을 해주는 게 아닌가 싶을 정도로 요즘 소르본은 잠잠한 걸요."

"당신이 소르본에 대해서 어떻게 그렇게 잘 알죠?"

"정보통이 있으니까요. 당신에게 해주고 싶은 말이 있는데, 과거에 대한 향수만 믿고 설쳤다가는 낭패를 볼 거예요! 눈을 크게 뜨세요! 당신은 이제 대학생이 아니에요. 사람이 성장을 해야죠. 자르* 선생님도 이제 교수가 아니죠. 교수 나부랭이 이상의 역량이 있는 분이니까 차라리 잘됐어요. 이분은 더 많은 사람과, 대중과 만나야 해요. 시청률이 가장 높은 시간대에 텔레비전에

* 발타자르를 줄여서 부르는 애칭.

출연해야 할 분이라고요. 카메라를 아주 잘 받으실 거라고 확신
해요. 이제 '강연'이 아니라 '공연'을 생각해야 해요. 이벤트를 만
드는 거예요. 음, 헤어스타일을 어떻게 잡으면 좋을까…….."

　상황이 점점 위험해지고 있었다. 막스는 다시금 솟구치는 분
노를 걷잡을 수 없어 다짜고짜 갓길에 차를 세웠다.

칸트의 숭고 개념에 대하여

　잠에서 깬 오스카는 기지개를 켠 뒤 다리를 풀기 위해 차에서
내렸다. 블랑딘은 오스카가 숲길에 들어서기를 기다렸다가 냉
큼 막스에게 물었다.

　"우리는 오스카 폰 발타자르에 대해서 많은 얘기를 나누었지
만 그의 사상에 대해서는 언급하지 않았죠. 저분의 철학에 대해
좀 알고 싶어요."

　"간단하게 요약하기 힘든데요." 막스 드 쿨은 한숨을 쉬었다.

　"급할 것 없어요. 일단 시도라도 해봐요."

　"일단 칸트에서 시작해야겠군요." 막스는 한참 생각을 가다
듬고 말했다.

　"시작부터 좋지 않네요! 난 칸트를 읽지 않았단 말이에요."

　"그렇다면 이런 이야기로 시작해 볼까요. 20년 전에, 프랑스

남부 툴롱 근처에 한 열다섯 살쯤 되는 소년이 살았습니다. 어느 날 소년은 총을 들고 집에서 나왔어요. 그러고는 행인들과 마주치는 족족 총으로 쏘아 죽여 버렸죠. 그렇게 소년은 계속 살인을 저지르다가 거리 한복판에서 총으로 자살했어요. 소년의 손에 죽은 사람들이 스무 명도 넘었죠. 소년의 행동을 설명하기 위해 심리학자들과 정신과 의사들이 나섰지만 그들도 소년이 왜 그런 짓을 저질렀는지 설명하지 못했어요. 그때 이 사건을 철학자에게 맡겨 보자는 의견이 나왔죠. 하지만 철학자들은 자기네 소관이 아니라면서 거절했어요. 그때 단 한 사람, 오스카 폰 발타자르만이 이 도전을 받아들였죠. 자르 선생님은 심리학자나 사회학자들과 달리 현장 조사를 전혀 하지 않았어요. 그저 사건이 일어난 마을에 몇 시간만 있다가 오겠다고 하셨죠. 하지만 그곳에서도 하루 종일 카페에 앉아만 있었지 소년의 가족이나 이웃, 교구 사제, 교사는 일절 만나지 않았습니다. 선생님은 결론을 내기 위해 소르본으로 돌아오셨죠. 그러고는 칸트의 숭고 개념에 대해 강의를 하셨습니다. 첫 강의 시간에는 청중의 절반 정도가 그 살인 사건과 칸트 철학이 무슨 상관이 있냐고 투덜거리며 원형 강의실을 박차고 나가 버렸습니다. 하지만 스승님께서는 생각하시는 바가 있었지요. 강의는 시종일관 '숭고의 블랙홀'을 주제로 다루었습니다. 스승님은 칸트가 아주 귀중한 어떤 것을 건드렸다고 생각하셨던 겁니다."

"여기까지는 완벽하게 알아들었어요!" 블랑딘이 좋아라 외쳤다.

"나머지도 들어 보십시오! 칸트가 그토록 각별히 여겼던 '진정한 숭고das eigenliche Erhabene'는 우리를 '절대Absolu'에게로 이끌어 주죠. 하지만 또 다른 숭고도 있습니다. 숭고의 감춰진 얼굴, 지옥으로 향하는 지름길이죠. 스승님은 바로 그 숭고에 가담했습니다. 칸트에게 '백白의 숭고', 혹은 '흰색보다 더 흰 숭고'라고 부르는 것 말고 또 다른 숭고, 깨끗하기는커녕 시커멓기 짝이 없는 숭고, 괴물처럼 흉측한 얼굴의 변종이 있음을 선생님은 간파했던 겁니다. 더없이 사악한 범죄자, 피에 굶주린 마귀 들린 자, 연쇄 살인범, 미치광이 살인마, 테러리스트, 자살 특공대는 그 사악한 숭고의 추종자들이지요. 그들은 그러한 범죄 행위를 통하여 평범한 인간 조건을 뛰어넘고 자르 선생님께서 말씀하신 '저열함을 통한 초월'을 실현하는 겁니다. 그들은 모두 칸트가 말하는 '세계의 지리멸렬함', 선하고 좋은 것만을 권하는 이 삶을 통렬하게 박살냈습니다. 존경할 만한 칸트 선생께서는 매사에다 선善을 끌어다 붙이면 결국 메스껍고 지겨워질 뿐이라고 인정하셨던 게지요. 그러니 이 메스꺼움을 피하고 싶어 하는 이들이 존재하는 게 당연하지 않습니까."

"이런 얘기들이 칸트 철학에 다 있다고요?" 블랑딘이 경탄했다.

"어느 정도는 그렇습니다, 어쨌든 오스카 폰 발타자르의 철학에는 있어요. 스승님은 엔진에 시동을 걸 듯 개념에 시동을 걸죠. 칸트의 숭고 개념은 주로 거친 파도가 일어나는 바다라든가, 용암을 분출하는 화산과 같은 자연 현상에 관한 것이었지만 스승님은 거기에서 한 발짝 더 나아가 이 개념을 시사, 누아르 영화, 공포 영화, 포르노그래피, 정치 영역에까지 적용시키셨죠."

블랑딘은 차츰 칸트주의자가 되어 가는 기분이었다. 그녀는 이렇게 말했다.

"내가 제대로 이해한 거라면 숭고는 재앙이나 참사가 될 수도 있겠군요. 두려움을 자아내는 동시에 마음을 끌어당기는 참혹한 사건들 말이에요."

"바로 그겁니다! 자르 선생님도 그런 쪽으로 접근하셨죠. 하지만 선생님은 정신이 혼미해지셨습니다. 자신이 다루는 주제가 너무 두렵고 버거웠던 겁니다. 그래서 강의를 하다가 갑자기 중단하고 떠나셨습니다. 그 사건에 대한 결론도 영영 발표하지 않으셨고요. 그런데 바로 오늘, 희소식이 왔습니다. 선생님이 건재한 모습으로 미완의 과제를 해결하러 돌아오신 겁니다. 제가 선생님을 도울 겁니다. 블랑딘, 당신도 도와주십시오. 우리는 당신에게 기대를 걸고 있으니까요. 우리 이제 헤어지지 말고⋯⋯."
여기까지 말한 뒤 막스는 침을 삼켰다. 그리고 잠시 후 다시 입을 열었다.

"내 말은 선생님을 떠나지 말자는 겁니다. 우리 끝까지 저분을 따릅시다. 저분께서 '계시'를 받을 때까지요."

"그때가 아직 멀었나요?"

"우리는 부단히 갈 길을 가야 합니다. 발타자르적인 개념들로 무장하고 모든 만남에 부딪칠 수 있습니다. 그러다 보면 언젠가 고지가 보일 겁니다."

"흥분되네요. 하지만 두려워요……."

"그렇게 할 수 없을 것 같아서요?"

"아뇨, 또다시 남자에게 실망하고 싶지 않아서요. 그럴 만한 남자가 아닐까 봐 두렵다는 거죠."

막스는 뭐라고 대답해야 할지 몰랐다. 그는 운전석에 앉은 채 등받이에 기댔다. 보티첼리와 소피아 로렌의 딸은 눈부시게 아름다웠다. 하지만 세상에서 가장 아름다운 여자라 해도 자신이 갖지 않은 것은 다른 사람들에게 줄 수 없단 생각이 들었다. 막스는 총총걸음으로 숲에서 나오는 오스카를 바라보며 생각했다. '철학자도 마찬가지야. 그들은 언제나 사유할 수 있는 것에 대해서만 사유할 수 있잖아.'

막스는 자동차 열쇠를 돌려 시동을 걸며 새삼 비통함을 느꼈다.

블랑딘의 변신을 보다

수아송 대성당에서 저녁 8시를 알리는 종이 울렸다. 그들은 소르본에서의 최종 공격을 감행하기에는 이미 너무 늦었음을 깨달았다. 이렇게 슬플 데가 있나! 숱한 희망이 날아가 버렸다! 고압 펌프가 고장 났기 때문에 철학의 디데이는 오지 않을 터였다.

DS 안의 분위기가 너무 우울하게 가라앉았기 때문에 블랑딘도 주도권을 잡을 수가 없었다. 사기가 뚝 떨어진 두 남자가 그렇고 그런 식당에서 요기를 하는 동안 혈기 넘치는 블랑딘은 차 안에서 쉴 새 없이 전화질을 해댔다. 저녁 9시쯤에 블랑딘은 정복자처럼 당당한 걸음걸이로 식당에 들어와 '유럽1 채널과 인터뷰를 잡았다'고 선언했다.

오스카는 블랑딘의 손을 덥석 잡고 입을 맞추었다. 막스는 숟가락을 내려놓고 놀란 눈으로 블랑딘을 바라보았다. 이 얼마나 대단한 변신인가! 그녀는 불과 몇 시간 만에 민첩하고 허세 넘치는 여자로 변해 있었다. 그녀의 명함 지갑은 그냥 보기에도 잘 발효된 빵 반죽처럼 빵빵했다. 그녀는 패기 넘치게 기자들을 성姓이 아니라 이름으로 불렀고 자신을 오스카 폰 발타자르의 '조교'라고 소개했다. 그리고 두 남자가 크렘 캬라멜을 먹어 치우는 동안 자기가 방금 각 언론사로 보냈다는 보도 자료를 읽어 주었다.

"오스카 폰 발타자르가 10년 만에 귀국했다는 소식은 이번 랑트레rentrée*의 문화계 최대 뉴스다. 어떤 부류로도 묶을 수 없는 철학자, 활화산 같은 웅변가, 기이하고 열광적인 사상가 오

---

* 여름방학과 바캉스를 끝내고 일상으로 복귀하는 시즌. 9월 초에 해당하며 이 시기에 출판계에서는 신작들이 무더기로 쏟아져 나온다.

스카 폰 발타자르는 지식의 경계들을 무너뜨리고, 미학, 형이상학, 정치학을 한바탕 개념의 쓰나미로 담아낸다. 그는 코카콜라와 아리스토텔레스에 대해서 동시에 말하며, 쇼펜하우어와 믹 재거를 함께 논할 수 있는 철학자다. 오스카 폰 발타자르는 힘과 스타일을 겸비한 철학의 사무라이로 널리 인정받았다. 그는 언제나 과격한 환희 속에서 오늘날의 복잡다단한 세계와 대결한다. 그는 불가능한 임무를 띤 자다. 오스카 폰 발타자르의 강연을 듣는다는 것은 사유라는 행위 자체에 대한 직접적인 참여, 뭔가 달라지지 않고서는 빠져나올 수 없는 사건이다. 여기에서 멀쩡히 빠져나오는 자는 '철학적으로 올바르지 않다'는 딱지가 붙지 않을 수 없으리라."

보도 자료를 읽은 블랑딘이 자리에서 일어나 두 남자에게 소리쳤다.

"이게 다가 아니에요. 내가 고압 펌프를 교체해 줄 정비소도 알아 놨어요! 지베로 가요! 자, 당장 일어나요, 사람들이 기다려요!"

그로부터 몇 분 후, DS는 엔 강의 다리를 건너 제대로 알지도 못하는 아르덴을 향하여 달리고 있었다.

망다르의 성소를 발견하다

미제르 계곡을 벗어날 즈음, 오스카 폰 발타자르가 선언했다.

"울창한 덤불숲으로 가자고! 무성한 삼림 따위는 겁낼 것 없어!"

그들은 마니즈 숲을 한참 가로질러 겨우 목적지에 도착했다. '레 장팡 페르뒤Les Enfants perdus'*라는 이름이 붙어 있는 어느 가문의 사유지 초입이었다.

DS는 금이 간 작은 항아리와 팔다리가 떨어져 나간 아기 천사 상이 서 있는 진입로를 따라 한참 들어갔다. 그러자 다 쓰러져 가는 작은 성이 모습을 드러냈다. 키 큰 창문들이 밤낮을 가리지 않고 덜컹거리는 성이었다. 잔디도 그렇고 아무렇게나 자라는 회양목도 그렇고, 더 이상 정원사의 손길이 닿지 않는 것이 분명했다. 아르덴 숲의 잡초와 옆으로 퍼져 나가는 담쟁이덩굴이 그곳까지 손을 뻗치고 있었다.

성에는 디디스하임 남작 조카의 아들되는 프리드리히 폰 오르셀 운트 카머발트가 살고 있었다. 가문의 문장紋章은 대응접실 벽난로 위에 걸려 있었다. 다섯 갈래 꽃 모양 장식으로 이루어진 왕관 위에 가훈이 새겨져 있었다. "벨기에는 한때일지라도 귀족

---

* '길 잃은 아이들'이라는 뜻.

은 영원하다니."

'빨갱이 프레디'는 현관 앞 계단에서 그들이 도착하는 모습을 지켜보았다. 이 가문의 주인은 1968년에 중도 좌파에 투표했다는 이유로 가족들에게 '빨갱이'로 찍혔다. 그는 널찍한 계단을 천천히 내려와 손님들을 맞았다. 그러고는 철학자에게 고개 숙여 인사했다.

"폰 발타자르 선생님, 말씀 많이 들었습니다. 제가 정보통이 제법 있다 보니…… 선생님처럼 고명하신 분이 저희 집을 찾아주시다니 영광입니다. 예전에 《환희》 1권의 출간 예고 기사를 읽은 적이 있지요. 아부하려는 게 아니라 그 기사를 읽고 제 인생이 변했습니다. 그래서 그 책과 후속편들, 2권, 3권, 4권을 얼마나 고대했는지 모릅니다. 게다가 우리는 클뤼그 백작 부인 쪽으로 폰 브라반트 파派 7대손이니 먼 친척 관계인 셈입니다."

프레디는 문간으로 나와서 막스에게도 DS의 눈부신 아름다움에 대한 찬사를 늘어놓았다.

"72년도 모델에 그 시대의 카 라디오까지! 로베르젤 스포크휠 튜닝! 나도 1964년식 팔라스를 한 대 가지고 있습니다. 메탈 그레이 색상, 가죽 카시트, 차창 자동 세척기를 장착했지요. 운명의 가호가 있어서 꼭 오셔야 할 곳을 제대로 찾아오신 것 같습니다. '레 장팡 페르뒤'에 오신 것을 환영합니다!"

오스카는 찬사를 대신하여 이렇게 대꾸했다.

"니체가 자가용을 샀다라면 분명 DS 팔라스를 선택했을 겁니다."

막스는 본론으로 들어갔다.

"선생님께서 피스톤 일곱 개짜리 고압 펌프를 가지고 계실 거라고 들었는데요."

"아뇨, 미안하게 됐군요. 하지만 망다르에겐 분명히 하나쯤 있을 겁니다. 물어보러 가십시다!"

그들은 1960년대 자동차들로 가득 찬 뒷마당 같은 곳에 도착했다. 심카1000, 아롱드, 푸조404, 알파인 선빔, 르노16, 그리고 DS는 모델별로 다 있었다. 방송 스튜디오형 DS, 영국형 DS, 경주용 DS, 구급차형 DS, 그 외에도 검정색 DS들이 '드 골 장군이 탔던 DS'라는 푯말을 달고 있었다.

막스는 가장 특이한 축에 드는 DS들을 쭉 훑어보았다.

"이 캠핑카형 DS는 영 그렇네요."

"나는 버려진 채 녹슬어 가는 DS보다는 그래도 제대로 굴러가는 주문 생산형 DS를 좋아해요." 프레디가 대꾸했다.

자동차들을 모아 놓은 공간 중앙에(수집가들끼리 쓰는 표현을 빌리자면 소장품들이 '집결'되어 있는 가운데) 어떤 이들이 모닥불을 둘러싸고 몸을 덥히고 있었다. 무거운 침묵이 감돌았다. 그들은 모두 망다르 가※ 사람들이었는데 하나같이 서글픈 표정을 하고 있었다. 닳아빠진 정장, 누렇게 변색된 셔츠, 너절한 넥타이, 망가진 장신구 따위에서 폭삭 망한 귀족 집안의 냄새가 났다. 그런 행색으로도 자세를 꼿꼿이 가다듬고 체면을 차리려는 노력이 엿보였다. 좀먹은 저고리 안쪽으로 레지옹도뇌르 훈장*, 농업 공로 훈장, 팔므 아카데미크 훈장이 마지막 빛을 발하고 있었다.

여기 과거의 특권 지식 계층 룸펜 중에는 가난뱅이 대학생, 교직을 떠난 교사, 누더기 차림의 연구자, 입에 풀칠하기도 힘든 고학력 백수, 임시직과 아르바이트 인생, 나침반 없는 지리학자, 라틴어를 잊어버린 라틴어 선생, 신을 믿지 않는 신학자, 종이 없는 박사 논문 준비생, 국경 없는 지도 제작자, 발령을 받지 못한 교수 자격시험 통과자, 결격 사유가 있는 교원 자격증 소지자, 방향을 잃은 진로 상담사 등이 있었다. 결격 사유가 있는 지원자, 받아들여지지 않는 대학생, 공교육 트라우마를 겪은 학생, 모가지가 잘릴 기자들, 돈을 떼어먹힌 외주 인력과 자유 기고가, 편집을 하지 않는 편집자, 국비 장학금에 발목 잡힌 연구자, 작가를 잡지 못한 출판사, 작품을 쓰지 못하는 작가, 사회를 떠나 은둔하는 사회학자, 노이로제에 걸린 심리학자, 건망증에 빠진 문서 관리자, 뚜쟁이로 전락한 고위직 관리 등 온갖 의심스러운 부류들이 거기에 다 모여 있었다. 그들 모두가 직위도 없고, 강단도 없고, 할 일도 없고, 미래도 없고, 대책도 없었다.

빨갱이 프레디가 이들에 대해 설명했다.

"이 사람들은 세상 모두에게서 버림받고 길에서 도둑질이나 하고 있더군요. 그래서 제가 몰타의 기사 가문 오르셀 운트 카

---

* 대통령이 직접 수여하는 프랑스 최고의 훈장.

머발트의 전통에 따라 자비를 베풀게 되었습니다. 이 지식의 난파자들, 어리석음에 위협당하는 지식인들을 제가 돌보고 있지요. 이들은 지금 아무것도 아니지만 장차 전부가 될 겁니다! 선생님께서 이 사람들에게 말씀하셔야 합니다.”

아스트로마르크시즘

　빨갱이 프레디가 열두 번째 총성을 울렸을 때에야 비로소 잔디밭에 모인 망다르들이 입을 다물었다. 프레디는 오스카 폰 발타자르를 ‘우리 모두가 기다리던 사상가요, 위대한 종합의 철학자’라고 소개했다. 커다란 연못 한가운데에는 포세이돈의 전차상이 장식되어 있었지만 전차의 바퀴도, 포세이돈도 이미 떨어져나가고 없었다. 오스카 폰 발타자르는 군중 앞에서 연설을 시작했다.

　“친애하는 여러분, 저는 여러분을 처음 만나지만 여러분에 대해서 아주 잘 알고 있습니다. 여러분 가운데 대다수는 한때 마르크스주의자였거나 적어도 동조자였을 겁니다. 하지만 지금도 그렇다는 사실을 모르고 있지요. 낡아빠진 강령들이 토막토막 두뇌를 자극하고 잘 정리되지 못한 개념들이 두개골을 아프게 찌르는 겁니다. 얼마나 고통스러우십니까! 저는 그런 분들에게 모든 것을 지키되 모든 것을 변화시키라고 제안합니다. 마르크스주의를 거꾸로 뒤집어 버리기만 하면 됩니다. 마르크스는 헤겔의 변증법을 다시 일으켜 세우지 않았습니까? 그러니 우리는 마르크스를 물구나무 세워 봅시다. 어떻게 하냐고요? 솔직히 말씀드리건대, 인간 행동은 '아래에서부터'가 아니라 '위에서부터' 결정됩니다. 역사를 만드는 것은 경제적 하부 구조가 아니라 천체의 상부 구조라는 얘깁니다. 마침 잘되지 않았나요? 요즘 사람들은 마르크스주의는 안 믿어도 점성술에는 환장하니까요. 그러니까 아스트로마르크시즘astromarxisme*을 창시합시다. 지식인과 민중을 화해시킵시다.

그러자면 몇 가지 조정과 풍부한 상상력이 필요합니다. 새로운 별자리를 지어 내야 합니다. 황도 12궁의 별자리 따위는 치워 버리자고요! 처녀자리, 물병자리, 천칭자리, 황소자리는 가라고 해요! 대신 낫자리, 망치자리, 베레모자리, 담배자리를 만듭시다.** 새로운 하늘의 지도는 바로 여러분의 손으로 그려질 것입니다. 여러분은 최전방에서 깨달음을 얻었으니까요. 혁명을 일으킬 길일을 정하는 것도, 봉기할 시각을 정하는 것도 천체 위원회 회원인 여러분의 몫입니다. 여러분의 머리 위에서 천체의 판들이 서로 겹치고 삐걱대는 소리가 들리지 않으십니까? 귀를 기울여 보세요! 마르크스와 노스트라다무스의 연합이여, 영원하

---

* '천체(astro)'와 '마르크스주의'를 합친 말.
** 낫과 망치는 공산주의의 상징, 베레모와 담배는 지식인의 상징이라고 할 수 있다.

라! 아스트로마르크시즘 만세! 부디 기억하십시오, 여러분은 싸질러진 존재들입니다!"

"옳소! 모든 것이 사라져야 한다!" 망다르들이 한목소리로 외쳤다.

하이데거에서 완치되는 법

프레디는 완전히 흑했다. 그는 손님들을 부상병 보호소로 데려갔다. 절망적인 환자들이 하나둘이 아니었지만 특히 초록색 모직 외투를 입고 깃털 달린 티롤 모자를 쓴 남자 환자가 그들의 눈길을 끌었다. 그는 초점 없는 눈으로 똑같은 말만 계속 중얼거렸다.

"둠하이트! 둠하이트!(Dummheit, 독일어로 '어리석음, 무지'를 뜻한다)"

프레디가 손님들에게 설명했다.

"이 사람은 30년이나 대학에서 시간 강사를 했습니다. 하이데거가 어떻게 나치에 가담할 수 있었는지에 대해 무척 고민했지만 답을 얻지 못했지요. 하이데거 전집을 읽고, 또 읽고, 그렇게 단서와 실마리를 찾았더랬습니다. 그 문제에 대한 원고만 세 번을 다시 쓰기에 이르렀죠. 이 사람은 하이데거에 대한 오독誤讀에서 문제가 발생했다고 생각했지만 정확히 무엇을 잘못 읽었는지 몰랐습니다. 그래서 처음부터 다시 시작했지요. 하이데거는 니체를 읽었습니다. 니체는 쇼펜하우어의 저작에 주석을 달았고요. 쇼펜하우어는 칸트를 반박했고, 칸트는 아리스토텔레스를 반박했습니다. 그런데 아리스토텔레스는 헤라클레이토스를 비판하지 않았습니까? 그러니까 그 많은 철학자 중에서 한 사람이 뭔가 말이 안 되는 소리를 했을 겁니다. 하지만 그 범인은 누굴까요? 너무 어려운 과업이었습니다. 하지만 여느 망다르들이 그렇듯 이 환자도 위험하진 않습니다. 폭풍이 몰아치지만 않는다면 말이죠. 천둥이 울려 퍼지자마자 저들은 망상에 빠져 상식을 잃을 겁니다. 그때는 저도 통제할 수가 없어요. 친애하는 발타자르, 저에게는 당신이 필요합니다. 당신은 철학자이시잖습니까. 무의미에 충격 받은 저들에게 의미를 만들어 주는 것이 당신의 일이잖습니까."

오스카는 이렇게 대꾸했다.

"망다르들은 삶에 아무런 의미도 없음을 받아들여야 합니다. 앎은 아무것도 알지 못한다는 것을, 우리 모두는 어디로도 향하지 않는 DS를 타고 있다는 것을 알아야만 합니다."

프레디는 핏기 없이 축 늘어져 있는 전직 시간 강사를 가리키며 오스카에게 애원했다.

"안 됩니다! 사기를 꺾는 말씀은 하지 마세요! 이 가엾은 사람을 도와주십시오!"

오스카는 고통에 빠진 하이데거 연구자에게 다가가 그의 어깨를 잡고 자신의 이마를 그의 이마에 맞대고 소리쳤다.

"내 말을 잘 듣게! 하이데거는 병신 새끼였어!"

환자가 화들짝 놀라며 눈꺼풀을 껌벅거리더니 하늘을 쳐다보았다. 그러고는 갑자기 벌떡 일어나 고맙다고 말하며 오스카의 손에 입을 맞추었다.

"아무도 내 면전에서 그런 말을 하진 못했습니다! 저도 아주 오래전부터 그렇게 생각하고 있었어요. 하이데거는 병신 새끼입니다!"

그는 '하이데거는 병신 새끼'라는 말을 신나는 노래의 후렴처럼 연신 되풀이했다. 그는 마침내 완치되었던 것이다.

룩셈부르크 정복

환자의 회복을 기뻐할 겨를은 없었다. 성에 벼락이 떨어졌다. 평온했던 하늘에 번쩍하고 마른번개가 일어나고 천둥이 쳤다. 갑자기 심상치 않은 바람이 불었다. 위험한 공기가 걱정과 근심을 불러일으켰다. 올빼미 한 마리가 불길한 소리를 내며 날아갔다. 망다르들은 이 하늘의 동요에 감전이라도 당한 듯, 한 사람도 예외 없이(환자, 성한 자 가릴 것 없이) 모두 자동차 안으로 숨었다. 자동차는 그들의 유일한 피난처였다. 빨갱이 프레디는 이

퇴락한 족속들을 자기 집에서 거두는 것이 신중한 짓은 못 된다고 생각했다. 이제 천둥이 한 번 더 치면 그는 저들 손에 죽을지도 몰랐다. 프레디는 확성기를 들고 망다르들에게 외쳤다.

"드디어 때가 왔다! 유럽이 우리를 부른다! 모두……."

프레디는 행선지를 어디로 잡아야 할지 망설였다. 어디로 가야 하나? 아무도 망다르들을 반기지 않을 것이다. 모든 성문은 저 유랑자 무리 앞에서 굳게 닫힐 것이고 저들의 무모한 출정은 참혹한 결말을 보고 말 터였다.

오랜 세월 이어온 강자들의 혈통이 어디 가랴. 프레디는 선조들의 처방을 기억해 냈다. 가장 약한 자를 짓누른다는 처방을. 표적은 이미 나와 있었다.

"모두 룩셈부르크로! 대공이 우리를 부른다!" 그는 큰소리로 외쳤다.

그의 선택은 제대로 들어맞았다.

"대공 만세!"

망다르들이 열광하며 외치는 동안, 프레디는 오스카에게 모험에 나서야 한다고 설득했다.

"우리 편이 되어 주십시오! 유럽이 우리 것입니다. 선생님께서도 선생님 그릇에 맞는 연단에 오르셔야지요. 우리의 일관성 없는 행동에 의미를 부여하려면 선생님이 꼭 계셔야 합니다! 우리에겐 개념이 모자랍니다! 이건 역사적인 기회죠. 유럽 전역에서 1960년대 차량 5000대가 일요일에 룩셈부르크에 모여 시위를 한다…… 일종의 저항적 '집결'이죠. 우리는 룩셈부르크 대공국을 붉은 기지로 삼을 겁니다. 대공께서는 우리 편입니다. 그분은 올레 라프륀을 탐독하셨고 우리를 도와주십니다. 그래서 대공 부인과 대미사를 드린 후에 대공께서 우리 이야기를 들어주시리라 생각하는 겁니다. 우리끼리 하는 얘기지만, 대공 부인께서도 1964년식 구급차형 ID19를 한 대 소장하고 계시지요. 게다가 제가 룩셈부르크 텔레비전 방송국장하고도 개인적으로 아는 사이니까 분명히 시청률이 좋은 시간대에 한 시간을 받아낼 수 있을 겁니다. 전 유럽을 상대로 선생님의 사상과 주장을 자유롭게 펼치시는 겁니다. 룩셈부르크 방송이라니까요, 아무리 그래도 소르본의 원형 강의실은 비할 바가 아니잖습니까!"

철학자는 황홀경에 젖어 프레디의 DS 팔라스에 올랐다.

블랑딘은 오스카를 따라갔다. 그녀는 자기 가방을 옮겨 싣기 전에 막스에게 다가와 이렇게 말했다.

"당신과 헤어지게 되어서 안타깝네요. 하지만 난 저 사람들에게 내 운을 걸어야 해요. 저쪽에 장래성이 있으니까요. 막스, 언젠가 또 봐요."

그녀는 막스의 코끝에 가볍게 스치듯 입을 맞추고는 다른 사람들과 함께 숲속으로 자취를 감추었다.

막스가 절망에 빠지다

　홀로 남은 막스는 절망에 사로잡혔다. 스승님은 그를 배신했고 블랑딘도 떠나 버렸다. 다시 파리로 돌아갈까 생각해 보았다. 생트 주느비에브 산으로 물러나, 팡테옹의 그늘에 숨어 택시 운전사 혹은 비렁뱅이로 살아가면 그뿐 아닌가.

　확실히 고약한 바람이 부는 시대였다. 보잘것없는 일상에서의 탈출은 짧았다. 파리에서 아르덴까지의 여정, 그 후 희망은 횡하니 날아가 버렸다. 환상을 몰아내고 뭇사람들의 의식을 각성시켜야 하는 스승님은 룩셈부르크 부르주아들의 방송에 출연한답시고 떠나 버렸다.

　막스는 검정색 몰스킨 다이어리를 꺼내 첫 장을 펼치고 이렇게 썼다.

　"지금은 개념의 시대가 아니다. 서점에서 철학책이 차지하는 서가는 매년 몇 센티미터씩 줄어들고 있다. 점성술사들이 논문 심사위원들의 격찬을 받으며 '박사' 타이틀을 따는 세상이다. 대학 교수들이 저서 표지에 자기 사진을 버젓이 싣는 세상이다. 그나마 지금은 옷이라도 걸치고 있지만 언젠가 소르본 교수들이 럭비 선수처럼 누드 사진을 달력에 싣는 날이 올 것이다. 나르시시즘은 가장 뛰어난 두뇌마저 갉아먹는다. 카메라 화면이 잘 안 받는 지식인은 그 누구의 관심도 끌지 못한다. 이제 세금을 내기 위해서, 수영장이나 자동 경작기를 사들이기 위해서 글을 쓴다. 문학 평론가들조차 타인의 영향을 덜 받기 위해서라는 구실로 책 읽기를 삼간다. 사유는 반드시 짧은 문장으로, 플라톤의 사상은 1분 안에 요약해야 하고, 니체를 두 '피치pitch'로 설명해야 하며, 《순수이성비판》은 세 개의 명제로 제시해야 한다. 까다로운 원전을 붙잡고 부단히 학문에 정진한 결과가 방송 출연이다. 그래서 오스카 폰 발타자르, 금세기 최고의 지성마저도 10년째 예고만 나간 저작을 완성하기보다는 어릿광대 노릇을 하려고 쫄레쫄레 룩셈부르크 방송국으로 향한 것이다. 다른 한편으로, 세상에서 가장 아름다운 여인이라 해도 그녀가 갖지 않은 것을 다른 사람들에게 줄 수는 없다. 철학자들도 마찬가지다. 그들은 언제나 사유할 수 있는 것에 대해서만 사유할 수 있다. 게다가 모든 것은 이미 사유되었다."

그리하여 막스는 찢어진 소파에 처박혀 스스로 결론에 도달했다.

"세상은 사기꾼을 사색가라 부르고 거드름 피우는 사람을 생각이 깊다고 말하지!"

딸기색 재킷에 대하여

막스는 도통 잠이 오지 않아서 마당에 세워 놓은 DS를 보러 나갔다. DS는 순수 그 자체, 산업 시대 어린아이의 꿈, 악과 공해와 그밖의 그렇고 그런 것들을 일절 생각지 않는 피조물이었다. DS는 근심을 모르되 오만하지 않고, 아름다우나 자신의 아름다움을 알지 못했으며, 봄이 신록을 입듯 함석 차체를 입고 있었다. 하지만 또 얼마나 변덕스럽고 약해 빠졌는지 허구한 날 새로운 부품을 요구하고 까다롭게 굴었으니……. 사귀기 힘든 DS는 잠시도 막스에게 숨 돌릴 틈을 주지 않았다.

젊은이의 마음속에서는 씁쓸한 생각이 이어졌다.

'그러니까 난 평생 하이드롤릭 유닛을 그때그때 수리하며 살아야겠지. 내 인생 전체가 땜빵에 지나지 않을 거야. 흠결 없이 고정되고 안정적인 거라곤 아무것도 없겠지. 언제나 모든 것이 임시변통, 늘 불완전하고 덧없을 테지…… 여기가 망가졌나 싶으면 저기가 말썽을 부리고, 늘 정비소들을 전전하면서 펌프, 조인트, LHS 탱크를 구하러 다녀야 할 거야. 언제나 미심쩍은 소리가 나지는 않나 귀를 쫑긋 세우고, 손은 언제나 기름때에 절고, 언제나 뒷좌석에 낯선 사람들을 태울 뿐 내 옆 조수석에 여자를 태울 일은 없겠지. 이딴 게 인생이야?'

자정을 알리는 종소리가 울리자 막스는 블랑딘 양을 생각하며 눈물을 쏟았다. 최소한 그녀가 여기 있기만 해도 좋을 것을. 막스는 블랑딘 앞에서 눈물을 보인다 해도 부끄럽지 않았을 것이다. 그녀는 왜 떠났나? 빨갱이 프레디에게 뭐 그리 대단한 매력이 있단 말인가? 답은 금방 나왔다. 프레디는 귀족이고, 야망도 있고, 그를 따르는 무리도 있고, 평균 얼굴형보다 각지고 다부져 보이는 턱도 있지 않은가.

막스는 자신의 짧은 생애를 결산하면서 이제 그만 안녕을 고해야 할 희망들을 나열해 보았다. 그날 하루 동안 완전히 진이 빠져 버린 그는 애도의 작업을 시작하기에는 자신이 너무 나태하다고 생각했다. 그래서 그 작업은 내일로 미루고 텔레비전을 켰다.

막스가 이른 아침에 깨어 보니 바로 코앞에 오스카의 얼굴이 있었다. 그 얼굴은 부들부들 떨리고 이상하게 이지러져 있었다. 텔레비전 화면이 흔들리고 있었기 때문이다. 막스는 안테나를 이리저리 돌려 가며 화면을 조정했다. 스승님은 작은 형광색 탁자 뒤에 서서 노란색 플라스틱 버섯 위에 두 손을 올려놓고 있었다. 그의 옆에는 교수 자격증과 박사 학위가 있는 다른 참가자들 11명이 더 있었다. 프로그램 제목은 '천재 퀴즈쇼'였다. 여성 사회자가 소개했다. "오스카 폰 발타자르!" 방청객들이 일어나 박수를 쳤다. 칸트 전문가는 연두색 넥타이를 매고 딸기색 재킷을 입고 있었다.

천재 퀴즈쇼

유럽 인텔리겐치아의 꽃이라 해도 좋을 참가자들은 모두 메이크업 전문가와 스타일리스트의 손을 거쳐 알록달록한 셔츠와 재킷 차림으로 그곳에 나와 있었다. 오스카와 가방끈 긴 망다르들은 아주 의기양양해 보였다. 그들은 서로의 파격적인 헤어스타일을 비교하며 희희낙락했다.

이리하여 매우 오래된 의문 하나가 풀렸다. 지식인은 어떻게 옷을 입어야 하는가? 대학 교수가 분홍 재킷을 입고 하얀 넥타이를 매도 품위가 손상되지 않을 수 있나? 텔레비전 쇼가 그 해답을 주었다. 방송에 나갈 때에는 조명을 잘 받는 색상의 옷을 입어야 한다. 안경도 마찬가지다. 안경은 칙칙하고 꼬장꼬장해 보이기 때문에 '천재 퀴즈쇼' 프로그램 포맷에 맞지 않았다. 또한 조연출의 표현에 따르면, 이 프로그램 제작사는 '록큰롤 스타일'의 알록달록한 안경테들을 대거 구입해서 제공하고 있었다. 오스카는 신이 났다. 새로운 헤어스타일은 철학자다운 넓은 이마를 잘 드러내 주었다.

벨이 울리자 남성 사회자 윌리 드 윌이 우승자에게 주어지는 혜택을 공개했다. 우승자는 1만 유로 수표 혹은 명품 넥타이 1000매를 받을 수 있다고 했다. 사회자가 1라운드 문제를 출제하기 시작했다.

"사르트르의 이름은 무엇이었습니까? 니체는 수염이 있었나요, 없었나요? 정신 분석을 받을 때에는 어디에 눕습니까?"

문제가 나올 때마다 참가자들은 플라스틱 버섯을 눌렀다. 그러면 다섯 개의 음으로 이루어진 멜로디가 나왔다. 오스카는 금세 두각을 나타냈다. 윌리는 2라운드 문제로 넘어갔다.

"소크라테스는 어떤 독을 마시고 죽었습니까? 덴마크 철학자 이름을 아무거나 대 보세요. 데카르트가 사망한 북유럽의 도시는 어디입니까?"

두 명의 참가자가 각축을 벌이고 있었다. 한 명은 오스카였고 다른 한 명은 13세기 라인강 신비주의 연구가라는 헤르만 클뤼 그였다.

"이제 좀 더 어려운 문제들이 남아 있습니다. '신은 죽었다'라고 말한 사람은 누구입니까? '기쁨, 기쁨, 기쁨의 눈물!'은 누가 한 말입니까? 플라톤은 영혼이 세 부분으로 이루어져 있다고 했는데요, 그 세 부분은 각각 무엇입니까? 부처가 말하는 사성제四聖諦는 무엇인가요? 일곱 대죄大罪를 나열해 보십시오."

드디어 우승자를 가리는 마지막 문제까지 왔다.

"실존은 본질에 선행합니까?"

오스카 폰 발타자르는 주저 없이 버섯 버튼을 누르고 "그렇습니다"라고 대답했다.

"오스카아아아 폰 발타아아아자아아르으……, 정답입니다!"

윌리는 흥분해서 오스카를 향해 오른팔을 뻗었다.

"오늘 저녁, 우리는 새로운 장 폴 사르트르를 발견했습니다!"

방청객들은 일제히 일어나 함성을 질렀다.

"소르본! 소르본!"

헤어스타일의 변증법

이튿날 아침 막스는 일어나자마자 오스카의 일그러진 얼굴을 보고 놀라지 않을 수 없었다.

"망다르들이 내 상금 1만 유로를 훔쳐 갔네. 그놈들, 어찌나 질투를 하고 사람을 그악스럽게 미워하는지! 놈들은 내 페라가모 모카신까지 훔쳐 갔어. 그래서 지베에 있는 신발 매장에서 샌들을 새로 한 켤레 구입하지 않을 수 없었지. 그래, 내 꼴이 어떤가?"

오스카는 이렇게 말하며 다 망가진 안락의자에 풀썩 주저앉았다.

막스는 스승님의 사기를 북돋우려고 애썼다.

"우리 여기서 나가죠! 아주 가까운 마을에 식당이 하나 있는데 롬바르디아 자고새 요리와 맛있는 뫼즈 포도주를 함께 내놓는답니다. 뭐라도 먹으면서 어떻게 된 일인지 찬찬히 들을게요."

식당에서 철학자는 기력을 되찾고 룩셈부르크 방송 출연을 자평했다.

"망다르들은 잊어버리세…… 나로서는 첫 번째 텔레비전 방송 출연이었고, 그만하면 난관을 잘 빠져나온 거야! 게다가 나를 좀 보게. 새로운 헤어스타일이 나의 옷차림과 행동거지를 기가 막히게 조화시키고 있지 않나? 전혀 고정되지 않지만 뭔가 가닥이 잡혀 있는 듯, 뻣뻣함과 유연함의 미묘한 변증법이 따로 없지. 막스, 왜 인상을 쓰고 그러나. 자네도 헤어스타일이 식별의 표지로서 얼마나 중요한지 알지 않나? 산발을 하고 다녔던 키니코스학파부터 로마 제국의 빡빡머리 스토아주의자들에 이르기까지 헤어스타일은 늘 중요했지. 그 점에서도 나는 일대 혁신을 일으켰네. 나의 최종 우승으로 모든 것이 달라질걸. 첫 활동치고는 놀랄 만큼 잘해 내지 않았나, 자네도 동의하겠지? 자네, 방송국 전화 교환대에 불이 날 정도로 시청자 전화가 폭주했다는 거 아나? 나는 두세 가지 중요한 관념들을 퀴즈쇼에서 제시함으로써 그 어떤 토대를 닦는 데 성공했다고 생각하네.

1만 유로는 안타깝게 됐지만 그리 중요한 문제는 아니야. 나에겐 돈 말고 더 중요한 가치들이 있으니까. 그 돈이 있어 봤자 우리가 뭘 하겠나? 고압 펌프를 1000개쯤 사재기할까? 상으로 명품 넥타이 1000개를 받는다고 해도 그래, 넥타이는 한 번에 하나씩만 맬 수 있잖나! 나에겐 미래가 있네. 프라임타임에 방송하는 철학 프로그램과 일요일에 하는 형이상학 퀴즈쇼에 출연해 달라는 제안을 받았어. 그동안 나는 올해 여름에 있을 '숫자와 문자' 유럽 최종전을 준비해야겠네. 지금부터 룩셈부르크에서 시작된 충격파가 유럽 대륙 전체를 뒤흔들거야. 프레디의 말이 옳았어. 룩셈부르크 공국은 분명히 유럽 지성의 진앙지라네. 내가 길거리를 다닐 때마다 사람들이 얼마나 난리를 치는지, 나의 사상이 얼마나 큰 인정을 받고 있는지 자네가 봤어야 하는데! 이보게, 자네 마음이 좋지 않은 건 알아. 하지만 헤라클레이토스는 부엌에도 신들이 있다고 말하지 않았나. 나는 그 말에 조금 더 보태서 '신들은 부엌에도 있고 텔레비전에도 있다'고 하겠네. 나는 한 발짝 더 나아가, 칸트 식으로 말하자면 본질적인 nouménal 내가 텔레비전 화면에 드러난다고 주장하려네. 다시 말해, 진정한 나, 겉으로 보이는 모습을 초월한 '나'가 드러난단 말이지. 우리 지식인들은 이미지가 그저 '사본'이 아니라 존재의 '계시'임을 인정해야 할 것이야. 철학자들은 대부분 그렇게 생각하지 않겠지만 사실 철학자는 텔레비전을 아주 편안하게 여겨야 마땅하네. 그건 여성의 화장과도 같지. 화장을 잘한 여성은 민낯일 때보다 더욱 자기 본연의 모습이 되지. 외관은 본질을 감추는 것이 아니라 그 본질을 잡아내고 고양시킨다네. 그래, 이 말이 딱이군. 난 그 방송 출연을 통해 한층 '고양'되었다네. 그래, 나도 알아, 자네는 이 같은 진실을 인정하기에 아직 너무 어려. 아직 갈 길이 멀지. 하지만 시간은 충분해. 난 희망을 걸고 있다네. 자네는 나에게 일종의 테스트야. 내가 자네를 지적 빈곤에서 구원할 수 있다면 난 유럽 전체를 구원할 수도 있을 테지. 그러니까 난 계속 여행을 할 마음이 있고 자네와 좀 더 가 보고 싶다는 얘기야. 우리는 기어이 숭고를 마주하게 될 걸세."

눈물과 남자다움에 대하여

오스카는 뫼즈 포도주를 한 병 더 주문하고는 막스의 잔에 술을 따라 주었다.

"좋지 않은 소식은 블랑딘 양이 망다르들과 함께 남기로 했다는 거야. 좀 더 정확하게 말하자면 망다르들의 우두머리인 빨갱이 프레디 옆에 남겠다는 거지. 아주 그 남자에게 푹 빠졌더군."

막스는 이 말을 듣고 온몸이 와르르 무너져 내리는 기분이 들었다. 그는 생각했다.

'당연한 일이야. 나란 놈이 빨갱이 프레디, 오르셀 운트 카머발트 가문에서 태어난 상처투성이 사내와 비교나 되겠어. 이렇게 매끈하고 곱게 생겨 먹은 주제에. 난 택시 운전사고 앞으로도 택시 운전이나 하면서 살아야 해. 손님이 가자는 대로 가고 팁이나 챙기는 게 내 깜냥이야.'

그렇게 자신을 질책하고 있자니 마음 한구석에서 이런 목소리도 들려왔다.

'그 계집은 자기 이익에 따라 이 남자 저 남자 전전하는 매춘부나 다름없어. 괜히 철학에 관심 있는 척했지만 그 여자에겐 철학도 한철 잘 입고 쓰레기통에 내던질 유행 타는 옷일 뿐이야. 사실 그 여자는 자기 자신밖에 사랑하지 않아. 그년은 높이 뛰는 벼룩처럼 확 뜨기 위한 발판으로 남자들을 이용하지. 넌 그래도 그 여자보단 나아. 너는 거대한 상어야. 괜히 들러붙어 거치적거리는 물고기는 필요 없어!'

하지만 막스의 세 번째 목소리는 이 두 번째 말을 비웃고 있었다.

'야, 창피한 줄 알아라! 지금 상황에선 절제, 집중, 분별, 용기, 활력이 필요해. 여자에게 연연할 때가 아니라고!'

그렇게 절망은 그의 콧구멍, 목구멍, 심장, 위장을 죄다 오그라들게 했다. 숨이라도 쉬려면 대성통곡이라도 하면서 마음을 푸는 수밖에 없었다. 그는 자기 뺨을 훔치고는 믿을 수 없다는 듯 손끝을 바라보았다. 눈물이었다! 자연스럽게 우러난 진짜 눈물! 이런 눈물은 네 살 때 큰형 장 아르망에게 자전거를 빼앗긴 이후로 처음이었다. 이 무슨 퇴행인가! 막스는 이런 식으로 운다는 것이, 감정이 지성보다 넘쳐 버렸다는 것이 부끄러웠다. 여자를 찍 소리 못하게 하는 가장 좋은 방법은 따지고 설득하는 게 아니라 여자를 울리는 것임을 잘 아는 그가, 지금은 정작 본인이 여자처럼 울고 있었다. 이렇게 창피할 데가 있나!

오스카는 뜨거운 눈물을 쏟는 막스를 바라보며 이렇게 말했다.

"이 친구야, 참으려고 하지 말고 실컷 울게. 눈으로 물을 버린다고 생각하고 쏟아 낼 수 있는 한 쏟아 내. 눈물을 막지 말고 마음껏 풀어 놓게나. 《일리아드》에서 용감한 그리스인들이 진정한 눈물을 흘렸던 것을 기억하나? 신들조차도 저 높은 올림포스 산 에서 눈물을 흘린다네. 남자다움과 꺼이꺼이 운다는 것은 전혀 모순되는 일이 아니지. 오히려 격정적인 흐느낌이야말로 남자다움과 생명력, 정액의 분출을 연상시키지 않나. 아니, 눈물은 언제나 정액보다 풍부하고 요란하게 넘쳐흐르니 남자다움도 배가되지 않겠나. 모름지기 사내 소리를 들으려면 눈물을 참지 말아야 하네. 눈물을 찔끔거릴 게 아니라 사정하듯 기세 좋게 쏟아 내야 하는 법이지. 그래서 눈물은 영웅주의로 가는 왕도라네. 초인이 되려면 일단 요란한 굉음 속에 갑옷부터 부숴져야 하거든. 그다음에 비로소 새로운 전사가 다시 태어나지. 자네가 먼저 자신의 해체를 받아들인다면 이제 어떤 화살도 자네를 맞출 수 없을 것이야! 그런데 사랑의 아픔보다 자네를 더 무력화하고 자네를 변신시킬 수 있는 것이 어디 있겠나? 그러니 블랑딘 양에게 감사하게. 그녀가 자네를 울리지 않았더라면 어떻게 이런 철학적 가르침을 얻을 수 있겠나."

막스는 이 권고에 힘을 얻어 정말로 기세 좋게 한참을 울었다. 마지막 한 방울까지 다 비워 내고 나니 마음이 가벼워지고 분명한 확신이 섰다. 눈물이 그의 뇌를 깨끗이 비워 냈으니 이제 새로운 생각들이 떠오를 수 있을 것이다. 눈물의 폭풍이 한바탕 쓸고 가자 세상이 새롭게 보였다. 모든 것을 새롭게 발견해야 했다. 만물은 반짝이는 무지개에 물들어 있었다. 오열이 절정에 치달았을 때 막스는 자기 본연의 모습으로 돌아간 기분마저 들었다. 이제 다시 무엇인가를 긍정할 수 있었다. 그의 길을 계속 갈 수 있었다…… '다시 길에 올라on the road again'…… 방향은 정해졌다. 이제 오스카를 붙잡고 지켜야 했다. 그를 다른 사람들로부터, 오스카 자신으로부터 보호해야 했다. 경건하게 스승님의 말씀을 기록하고, 스승님이 다시 글을 쓰도록 독려하고, 스승님을 모시고 수리를 마친 DS를 몰아 광대한 유럽 대륙을 누빌 것이다. 길을 만들며 나아가야 했다. 그 길이 사유하며 가는 길인 이상, 여정을 계속해야 했다.

막스는 블랑딘 양에게 어떻게 고백했는가

막스는 식사를 마치고 편지지와 펜을 찾았다. 그는 자신이 쓸 수 있는 가장 결연한 글씨체로 다음과 같은 편지를 작성했다.

친애하는 블랑딘에게,
당신이 떠난 후로 DS와 그 차 주인은 슬픔에 빠져 있습니다.
우리가 함께 보낸 너무나 짧았던 순간들이 생각납니다. 당신의 길과 나의 길은 방향이 다른가요? 아뇨, 언젠가 그 길들은 만났다가 다시 갈라질 겁니다. 당신은 하나의 DS 팔라스를 선택했습니다. 그에 대해서 나는 아무 할 말이 없습니다. 다만, 이따금 요란하게 번쩍거리는 차들이 실망스러울 때가 있다는 말만 해 두겠습니다. 나야 뭐, 고압 펌프도 고장 났지만요. 그래도 나는 여전히 낙관적입니다. 우리가 멀지 않은 길이나마 함께 갈 수 있으리라 믿기 때문이지요. 감히 말하자면, 우리는 서로를 위해 태어난 것 같습니다. 물론, 신중해야겠지요. 가끔은 말이 생각을 앞질러 가니까요. 당신에게 강요하는 것 같은 인상을 주고 싶지 않고, 무엇보다 당신을 귀찮게 하고 싶지 않아요. 하지만 당신도 그걸 알아야 해요. 난 우리 사이에서 멋진 이야기가 태어날 수도 있을 것 같아요. 어쨌든 당신도 내가 그리울걸요. 아니, '심하게' 그리울 거라고 말할래요. '심하게'라는 말을 그 여실한 의미대로 쓸 수 있다면 말이에요. 외람된 말이지만 난 당신이 내 일생의 여자일 가능성을 배제할 수 없어요. 나도 알아요, 사람이 흥분해서 하는 말은 종종 뒷감당하기 어려울 때가 있죠. 하지만 그 뒷감당도 내가 할 일이니 이 경우엔 문제가 되지 않아요. 블랑딘, 내가 당신을 사랑하는 것 같아요. 시인이 "그대 없는 하루는 잃어버린 하루"라고 노래했지요. 어서 돌아와요.

막스 드 쿨

그는 편지를 다시 읽어 보고 매우 흡족해 했다. 사랑하는 여인에게 강요하지 않는 정중한 편지, 여인의 자유를 존중하면서도 과장이나 흥분 없이 자기 입장을 진술하게 나타내는 편지였다. 더욱이 그는 자기 자신을 비꼬는 듯한 반어법을 구사하여 자신의 입장을 더 유리하게 만들었다. 명확한 메시지를 담되 압박하는 인상을 주지 않았다. 막스는 블랑딘도 이 편지를 받으면 고맙게 생각할 거라고 확신했다.

이제 편지가 그녀에게 닿기만 하면 되었다. 그러나 근처에는 우체국도, 비둘기도 없었다. 유일한 방법은 편지를 들고 대공의 궁으로 직접 찾아가는 것뿐이었다. 어차피 궁까지는 한 시간 거리밖에 되지 않았다. 오스카는 편지를 보낸다는 계획에 찬성했다.

"가는 김에 내 모카신을 되찾을 수 있다면 좋겠군."

이리하여 그들은 룩셈부르크로 향했다.

칭찬과 '그래야만 한다면'

뒷좌석에 편안하게 기대어 앉은 오스카는 맛있는 음식을 배불리 먹은 만족감을 감추지 못했다.

"그 식당에서 먹었던 요리 참 좋았지! 나는 요리사 아주머니께 감사를 전했는데 자네는 아무 말도 않더군."

"전 그런 칭찬은 해 본 적이 없습니다. 특히 여자들에겐 절대 못하겠어요. 여자들을 지나치게 존중해서랄까요. 요리가 맛있다고 하면 그 아주머니가 당황할지도 모르잖아요."

"무슨 소리! 오히려 흡족해 하겠지!"

"아뇨, 전혀 그렇지 않아요! 신에 대해서도 마찬가지죠! 선생님은 신을 칭찬하십니까? 그게 마땅한 일이라고 생각하세요? 신을 존중한다면 그럴 수 있을까요? 좋지 않을 가능성이 있을 때에만 칭찬을 할 수 있죠. 신께 '잘하셨습니다'라고 한다는 것은 신이 잘못할 수도 있다는 말밖에 더 되나요. 완전한 신은 완전한 것만을 행합니다. 그것이 신의 본성이죠. 신은 배우나 예술가 같은 존재, 공연을 보고 나서 '오늘 공연 정말 좋았어요'라고 말할 수 있는 상대가 아니란 말입니다. 신은 우리의 격려도, 우리가 수여하는 상도 필요로 하지 않아요. 잘난 것도 어느 정도라야 칭찬이나 축하를 할 수 있죠. 그런데 신은 무한한 능력의 소유자잖아요. 사과나무에 사과가 열렸다고 그 나무에게 축하를 하진 않잖아요?"

"맞는 말이네. 예를 들어 내가 천재 철학자라면 난 아무것도 아닌 셈이지. 난 내가 뛰어난 철학자라고 자랑하지 않는다네. 왜냐하면 난 달리 할 줄 아는 게 하나도 없거든. 비범이 나의 평범이라네."

"우리, 얘기가 통하는군요! 모든 칭찬에는 암묵적 비판이 깔

려 있습니다. 바로 그렇기 때문에 비판보다 칭찬을 더 두려워해
야 하죠. 칭찬은 훨씬 더 음흉하거든요. 내가 신에게 아무 말도
하지 않는 이유는 지극히 당연하기 때문이지요. 여자들에게 칭
찬을 하지 않는 이유도 그래서고요."

"그러니까 자네 말은, 여자들에게 칭찬을 하지 않는 이유는
그들을 마치……."

"여신처럼 여기기 때문이지요! 그래요, 침묵보다 더한 칭찬은
없답니다."

다시 블랑딘 양에게로

막스는 벨기에를 거쳐 고속도로를 타고 가는 직통 코스 대신
세당 숲을 지나가는 작은 도로를 통해 룩셈부르크까지 가기로
마음먹었다. 즐비하게 늘어선 키 큰 전나무들을 보고 있노라니
숲이 어찌나 울창하고 무성한지, 밀수업자, 산적, 어쩌면 굶주린
늑대까지 튀어나올 것 같았다. 부이용을 가리키는 표지판이 나
타났지만 그들은 지금 있는 곳이 프랑스령인지 벨기에령인지조
차 가늠이 되지 않았다. 막스는 속도를 늦추었다.

"빨리 가선 안 돼. 천천히 가는 편이 나아. 우리에겐 시간이 있
지만 시간에겐 우리가 없지. 세상 모든 사람이 시계를 쓰레기통

에 처박는 것이야말로 진정한 혁명이 될 거야."

오스카는 그렇게 말하고 좀 더 일반적이지 않은 문제로 넘어가 이런저런 얘기를 늘어놓았다.

"블랑딘은 자네에게 돌아올 거야. 우리가 가는 길에 그녀를 다시 만나더라도 난 하나도 놀라지 않을걸. 그녀는 자네를 사랑하니 돌아올 걸세. 그녀가 마음에 둔 사람은 자네야. 생 드니 정비소에서부터 그녀는 자네를 따랐고 자네를 좇았지. 블랑딘은 자기가 원하는 것을 알아. 그녀는 자네 때문에 마시모와 헤어진 거라고."

"저 때문이라고요? 농담하십니까?"

"아니, 그녀는 자네와 함께라면 그 어떤 고속도로 끝자락의 끝까지라도 달릴걸. 블랑딘은 자네의 자질을 알아봤어."

"저의 자질이라뇨?"

"자네는 측은할 정도로 말랐지. 몸뚱이 어디에서 그렇게 많은 눈물이 나올까 싶을 만큼. 자네는 마시모처럼 잘생기지도 않았어. 자네의 운은 바로 거기에 있어. 블랑딘은 자네가 결코 모를 그 무엇 때문에, 아마도 운전대에 손을 올려놓는 자세라든가 빠진 앞니라든가, 뭐 그런 것 때문에 사랑을 느끼는 거야. 자네는 멋쟁이도 아니고 과하게 모양을 내지도 않지. 그러니 모든 게 손보기에 달렸어. 블랑딘은 자네에게 요렇게 조렇게 옷을 입혀 주며 좋아할걸. 자네는 여자들 앞에서 낯을 많이 가리지. 블랑딘의 미모만 보고 달려드는 바람둥이들과는 달라. 그래서 자네가 되레 신선할걸. 자네는 돌봐 주고 싶다는 마음을 불러일으키지. 자네는 평생 집짓기 놀이를 할 어린애야. 자네에겐 잘 꿰뚫어 봐야만 보이는 대단한 기품이 있네. 진정한 귀족은 정신의 귀족이라는 것을 명심하게. 빨갱이 프레디를 두려워하지도 말고 질투하지도 말게. 블랑딘은 돌아올 거야. 프레디는 평생 귀족 신분을 거추장스러운 큰 칼처럼 지니고 살아야 하지. 게다가 자네에겐 이 경이로운 차가 있지 않나. 이 차는 보장된 결말, 행복의 기약, 삶의 예술이야. 자네는 자네의 DS로써 블랑딘에게 아늑한 보금자리와 모험을, 안정과 기동성을, 온기와 거센 바람을 동시에 선사할걸세."

"하지만 그녀는 도대체 어떤 여자일까요?"

"그녀는 자기 자신에게 지쳐 있어. 세련됐지만 연약한 여자, 고압 펌프처럼 다루기 힘든 여자야. 하지만 난 단호히 말할 수 있네. 블랑딘은 자네가 찬양하고픈 여인이지. 어쩌면 그녀가 자네를 속일 수도 있어. 그래도 절대 자네에게 야박하게 굴진 못할 걸."

"어떻게 하면 그녀를 차지할 수 있을까요?"

"블랑딘은 미인이지. 하지만 미인이라면 누구나 그렇듯 그녀에게도 한없이 약해지는 외모 상의 결점들이 있을 거야. 그 결점들을 찾아보게. 갑옷의 틈을 파고들 듯, 그 결점들을 이용하게."

"그건 반칙이에요!"

"그렇게 예쁘게 생긴 것도 반칙 아닌가?

"블랑딘이 그렇게 생기고 싶어서 그런 건 아니잖아요!"

"하지만 블랑딘은 자기 미모를 이용하고 있어! 이제 자네 편지나 읽어 보게."

막스가 편지를 다 읽자 오스카는 몹시 못마땅해 했다.

"편지를 그런 식으로 쓰지 말았어야지! 볼 장 다 봤네!"

사랑과 잔디깎기 기계

두 남자가 함께 여행을 다니다 보면 필연적으로 여자 얘기가 나오게 마련이다. 그 둘이 독신남이라면, 게다가 그 둘 중 한 명이 우리의 주인공 막스처럼 상사병을 앓느라 축 늘어져 있다면 여자 얘기가 나오지 않을 수 없다. 드디어 그가 불행에서 벗어날 때가 왔다. 위험한 대목, 힘겨운 고비다! 왜냐하면 어리석음은 떠나지 않고 배회할 뿐이니까. 우리의 두 주인공은 위험에 처했다. 철학자들이 여자에 대한 얘기를 하면서 훌륭한 영감을 얻기가 어디 쉬운 일인가. 괜히 돌려서 말하지 말자. 위대한 정신의 소유자들이 '여성'이라는 주제에 대해서 얼마나 실망스러운 소리를 많이 했던가. 칸트, 니체, 쇼펜하우어가 남긴 유감스러운 글들은 그들의 영예를 드높이지 못한다. 아니, 그 반대다! 그러니 우리의 주인공들이 이 난관을 잘 극복하고 아르덴의 포장도로

를 달리며 사유라고 부를 만한 사유를 만들어낼 수 있는지 지켜
보자.

오스카의 주장은 이러했다.

"한 여성과의 결혼은 철학자에게 위험하다는 것을 알아 두게.
엘로이즈가 피에르 아벨라르에게 보낸 편지에도 철학자에게는
독신이 최선의 생활방식이라고 쓰여 있지. 자네가 홀로 택시를
몰기로 한 것은 좋은 출발이었어. 하지만 지금 자넨 사랑에 빠
졌지. 그러니 내가 자네에게 당부를 해 두어야겠네. 마음의 병에
영합해선 안 되네! 사랑이 사람을 영리하게 만들진 않거든. 사
랑은 에너지 소모, 기력 낭비, 정신적 흐트러짐이지. 철학이란 마
치 직업적인 피아노 연주와도 같다네. 하루도 빠짐없이 철학을
해야만 하지. 휴가는 없어. 그렇잖으면 뇌의 손가락이 굳어지고
둔해지거든. 우리는 사유의 선수들이야. 이제 몇 년만 있으면 우
리도 지적으로 확 꺾이는 나이야. 내가 이 나이에 이러기 힘들다
는 건 자네도 인정할걸? 칼날처럼 예리하고, 명민하고, 참신하
지 않은가! 내 좌우명이 뭔지 아나? 짐 꾸러미, 가족, 엘로이즈,
줄리엣, 루, 블랑딘 따위에 얽매이지 말자는 거라네. 막스, 근본
으로 돌아가야 해. '책이냐, 아이들이냐Aut libri aut liberi'라는 말이
왜 나왔겠나. 선택을 해야만 하네. 글을 쓰지 않을 이유, 생각을
하지 않을 이유가 얼마나 많은지 아나. 그러한 이유들이 우리를
온종일 짓누르고 있네. 그런데 뭐 하러 자녀 양육이니 마누라 단
속이니 하는 다른 이유들까지 더 보탠단 말인가? 영예로운 독신

을 선택하고 두려워하지 말게. 육체적 욕구라면 너그러운 여자 친구, 옛날에 사귀었던 여자, 매춘부 등이 언제라도 채워줄 수 있을걸."

"하지만 저는 블랑딘과 결혼 생각까진 안 해 봤습니다. 아이를 낳는다는 생각은 더더욱 해보지 않았고요!"

"다들 그렇게 말하지! 자네 대학 동기들 기억나나? 그들이 지금 어떻게 살고 있지? 자네, 그들을 닮고 싶나? 사랑은 혼인 신고와 호적으로 빼도 박도 못하게 이어지는 미끄럼틀이지. 그 지경까지 가면 함정에 빠지는 거야. 약혼, 결혼, 출산, 산후 조리, 가족 식사. 이 피해 갈 수 없는 암울한 시리즈가 자네를 죽이려 들걸. 완전 범죄가 성립되는 거지. 자네는 가망이 없어. 자네는 여름휴가를 떠나야만 하고, 차마 입에 올리기도 싫은 곳들(모래 놀이터, 바닷가, 놀이공원, 패스트푸드 식당 등)을 드나들어야 하며, 상대하기 싫은 사람들(산타클로스, 학부모, 교사, 심리상담사 등)을 만나야 할 거야. 자네는 늘 뭔가를 밀고 있는 신세가 될 거야. 유모차를 밀든가, 마트에서 카트를 밀든가, 잔디 깎기 기계를 밀든가. 잘 생각해 보고 본연의 자네로 돌아오게! 잔디 깎기 기계보다 사람을 더 추레하게 만드는 게 있을까? 잔디를 잘 자라게 하려고 그렇게 정성을 들여 놓고 깎기는 또 왜 깎는담? 현대인의 비루한 삶은 우리의 마음을 아프게 하지. 누군가와 함께 산다면 더욱더 비루해질 텐데 그 짓을 왜 한단 말인가. 이기주의자가 되게! 이보게, 젊은이, 내가 이번만은 엄숙하게 말하겠는데 자네는 철학자야. 그것이 자네의 운명이라고. 여자와 잔디 깎기 기계를 조심하게!"

운전대가 점점 더 뻑뻑해지는 것을 느끼며 하이드롤릭 유닛의 게이지를 걱정스럽게 살피던 믹스가 오스카에게 대꾸했다.

"영예로운 독신의 법칙에 대해서는 동의합니다. 하지만 모든 법칙에는 예외가 있잖아요. 그 예외가 바로 블랑딘입니다. 철학자는 여자와 살면 안 되지만 블랑딘만은 예외라고요."

룩셈부르크와
독일

철학에서의 털

사랑의 특효약

룩셈부르크까지 두 시간이면 충분할 줄 알았는데 시골길을 따라 프랑스와 벨기에 국경을 허허벌판에서 요리조리 넘나들다 보니 네 시간이나 걸렸다. 그들은 해가 넘어갈 무렵에야 겨우 룩셈부르크에 도착했다. 그곳에서 대공의 궁전이 어디 있는지 묻자 사람들은 궁전이라기보다는 시청이나 도청에 가까운 건물을 가리켰다. 초소에서 보초를 서던 한 명뿐인 경비(더없이 호감 가는 하사관)는 성의 있게 그들의 이야기를 들어주었다. 그는 막스의 편지를 우편물 담당자에게 전해 주기로 했고, 우편물 담당자가 블랑딘 양에게 편지를 전할 거라고 했다. 네, 궁전 마당에서 키 크고 아름다운 아가씨를 본 적이 있습니다. 아뇨, 제가 두 분을 궁 안으로 들여보내 드릴 수는 없습니다. 막스는 주머니 속의 편지 봉투를 더듬었다. 이 경비를 믿어도 될까?

하사관은 그를 안심시켰다.

"목소리가 떨리는 것을 보니 연애편지군요. 룩셈부르크에서는 그런 걸로 장난하지 않습니다. 연애편지를 아이들이 산타클로스에게 보내는 편지처럼 소중히 다루죠. 나도 좋아하는 사람이 있기 때문에 그쪽 심정을 백 번 이해하고도 남습니다. 얼마나 불안하고 마음이 오그라들지, 충분히 압니다. 걱정 붙들어 매십시오! 사랑에 눈멀어 바보가 되는 것도 한때입니다. 당신의 왼손은 오른손이 하는 일을 모르고, 당신의 뇌는 당신의 배가 하는 일을 모르죠. 하지만 조심하세요! 이렇게 약해져 있을 때에는 온갖 종류의 치명적인 철학에 감염되기 십상이니까요. 난방을 충분히 하고 창문을 잘 닫아 두세요. 열병이 가라앉을 때까지는 라디오도 켜지 말고, 당분간 아무 책도 읽지 마세요."

오스카도 맞장구를 쳤다.

"군복을 입은 사람이 참으로 분별력이 있구먼. 이 사람에게 편지를 주고 가세. 고속도로에서 바람을 맞다 보면 자네의 눈물도 마르겠지. 사랑의 궁극적인 특효약이 그거야. 자꾸만 달리고, 또 달린다. 행여 블랑딘이 매몰차게 거절한다면 우리는 우랄 산맥을 넘어갈 테지. 시베리아를 지나서 캄차카 반도가 보일 즈음이면 자네 병도 깨끗이 나을걸. 그리고 자네는 나처럼 근사한 흉터를 하나 갖게 되겠지."

경비는 한술 더 떠서 이렇게 말했다.

"혹시 그래도 상사병이 낫지 않거든 스토아 철학자 마르쿠스

아우렐리우스가 제시한 방법을 추천해 드리죠. 매일 식사를 하기 전에 이 말을 세 번 되뇌는 겁니다. '육체적 결합은 끈끈한 분비물을 동반하는 살과 살의 부대낌에 지나지 않는다.' 두고 보세요, 이 방법이 얼마나 잘 듣는다고요!"

막스는 이 조언에 감사하며 경비에게 편지를 건네주었다.

경계의 어려움

이제 두 가지 부탁을 해야 했다. 우선, 오스카의 모카신이 문제였다. 그 모카신을 어디서 찾는다? 경비 초소의 하사관은 그들에게 어떤 희망의 여지도 주지 않았다. 그는 도난 사건은 경찰의 소관이므로 대공궁은 관여할 바가 아니라고, 가장 가까운 경찰서를 찾아가 신고하라고 했다. 그다음은 고압 펌프 문제가 남아 있었다. 그놈을 어떻게 수리한다? 하사관은 룩셈부르크 공국에서 누가 그런 일을 할 수 있는지 전혀 모른다고 했다. 그래도 참고할 만한 정보를 주기는 했다.

"자르브뤼켄에 게데온이라고 DS를 수집하는 친구가 삽니다. 그 친구라면 여러분을 도와줄 수 있을 겁니다. 가서 내 소개로 왔다고 하세요. 차로 한 시간밖에 안 걸립니다. 아마 자기 차고에서 차를 수리하고 있을 겁니다."

그래서 그들은 게데온이라는 사람을 찾아 자르브뤼켄으로 향했다. 하지만 15분 만에 막스는 구역질이 나서 차를 세워야 했다. 그는 경비병이 가르쳐 준 마르쿠스 아우렐리우스의 처방(끈끈한 분비물을 동반하는) 때문이라고 생각했다. 하지만 아니었다! 블랑딘의 배와 자신의 배가 찰싹 달라붙어 있는 모습을 상상하니 구역질이 나기는커녕 불같이 욕정이 일어났다. 그녀의 배는 분명히 비단처럼 보드랍고 매끈할 터였다! 구역질은 무슨! 마르쿠스 아우렐리우스는 헛다리를 짚었다. 그렇다면 왜 이렇게 몸이 불편할 걸까?

모젤 강변에서 독일 국경을 넘을 때는 오스카가 속이 안 좋다고 난리였다. 그들은 언덕 위에 차를 세우고 잠시 내려 크게 심호흡을 하지 않을 수 없었다. 그 언덕에서 룩셈부르크 공국을 내려다보니 참으로 장관이었다. 기러기 무리가 크게 승리의 V자를 그리며 저기 하늘 높이 날아갔다.

두 사람은 풀밭에 널브러진 채로 숨을 크게 들이마셨다. 어느새 밤이 되었는데도 그들의 안색은 영성체 때 나누어 주는 밀떡처럼 파리했다.

눈부신 회전 경보등이 어둠을 갈랐다. 경찰차에서 제복을 입은 젊은 여자가 내렸다. 여자는 쪽을 찌어 올렸고 작은 경관모를 쓰고 있었다. 여자는 회전 경보등을 끄고 그들에게 인사를 건넸다.

"제르 게르트 헤렌! 코멘 지 오스 프랑크라이히? 비센 지 바스디 크란크하이트 데어 그렌젠 이스트?"

그리고 나서 여자는 완벽한 프랑스어로 다시 한 번 말했다.

"프랑스에서 오셨습니까? 선생님들은 국경병이 뭔지 아세요?"

그녀는 이어서 이렇게 말했다.

"소정의 양식, 준비, 검사 없이 국경을 넘어가면 지금 여러분들이 처한 것 같은 딱한 상태에 빠진다는 점을 말씀드려야겠군요."

막스는 대답했다.

"하지만 국경 표시나 초소를 보지 못했는데요."

"바로 그 점 때문에 이렇게 되신 겁니다. 새로운 유럽에는 국경도 없고, 세관도 없고, 군복도 없고, 바리케이드도 없고, 진입로도 없지요. 이제 절차 없이, 어떤 지표도 없이 외국으로 건너가게 됐습니다. 그래서 머리와 배가 뒤집어지는 것처럼 아픈 거예요. 요즘 들어 이런 경우를 한두 번 보는 게 아닙니다. 자, 이걸 받으세요!"

여 경관은 제복 상의에서 유로화 도입 이후 쓰이지 않게 된 마르크화와 프랑화 동전 몇 개를 꺼냈다.

"동전을 주머니에 넣으세요!"

그녀는 그렇게 말하며 땅바닥에 선을 그렸다.

"이제 일어서서 이 선을 넘어가세요."

두 남자는 무릎을 구부려 기어가며 여자 경관이 시키는 대로 했다. 그리고 나니 겨우 자동차에 앉을 수 있었다.

그녀의 진단은 옳았다. 15분쯤 지나니 두통이 사라졌고 신체

활동도 원활해졌다. 여 경관은 그들에게 잘 가라고 인사를 했다.

"저희는 자르브뤼켄으로 갑니다." 막스가 행선지를 밝혔다.

"자르브뤼켄? 둘이서만요? 여자도 없이? 음, 그렇다면 각별히 조심하세요." 여경관은 불안한 눈빛으로 주위를 둘러보았다. 그러고는 막스와 오스카에게 조그맣게 속삭였다.

"내 차로 따라오시죠."

독일에 사는 백주의 악마

여 경관은 경찰차 안의 라디오, 전화, 모든 통신 장비를 껐다. 경관모를 벗고 넥타이를 풀어헤친 그녀는 담배에 불을 붙였다.

"점잖으신 분들을 만났으니 이 지역에서만 아는 비밀 몇 가지를 알려드리죠. 평소에는 절대 이러지 않아요. 게다가 외국인들에게 이런 말을 하다니요. 그런데 두 분, 기자는 아니겠죠?"

두 프랑스 남자가 거세게 항의했다.

"무슨 말씀을! 이보세요, 우린 철학자들입니다!"

"마침 잘됐군요. 나도 나름대로는 철학자거든요. 그런데 미혼 남성 둘이서만 여행을 하는 걸 보니 아무래도 위험하겠다 싶어서 말씀드리는데, 자, 외국인 여러분 알아 두세요. 이 지역에는 동네마다 그렇고 그런 잡신들이 널려 있어요. 여기선 그런 신들이 얼마나 자생력이 강한지 주택 단지와 상가의 포석 아래에서 여전히 숨 쉬고 있다고 해도 과언이 아니죠. 그리고 자르브뤼켄으로 넘어가면서 큰소리로 말하거나 웃지 말라고 권고하고 싶네요. 비스마르크 다리 끝에 작은 숲이 있는데 거기에 남자 여행자, 특히 오십대 남자를 노리는 악마가 살거든요. 그 악마가 여러분의 눈앞에 온갖 유혹들을 늘어놓을 거예요. 음탕한 자세를 취한 여자들이 여러분의 눈앞에 홀연히 나타날 거라고요. 그 악마는 주로 정오에 활동하기 때문에 '백주의 악마le démon de midi'*라는 별명이 붙어 있죠. 우리 고장 말고 다른 곳에도 백주의 악마들이 많이 있는지는 모르겠지만 어쨌든 우리 동네 악마는 시간을 정확하게 지킨다는 점에서 다른 악마들보다 낫지요. 독일에서 백주의 악마는 12시 2분 전에도, 12시 15분에도 활동하지 않아요. 오로지 정오 종이 땡 치면 그때야 수작을 부리기 시작하죠! 자, 잘 알아들으셨나요? 가세요, 하지만 여러분 허리띠 아래서 뭔 일이 일어날지 모르니 조심하세요!"

두 남자는 여 경관에게 귀중한 정보를 주어서 고맙다고 인사를 한 뒤 DS에 올랐다. 여 경관이 모는 차는 회전 경보등과 함께 저 멀리 사라져 버렸다. 그들은 피로에 찌들고 '국경병'에 시달리느라 진이 다 빠져 그날 밤은 그냥 언덕에 차를 세워 놓고 카시트에 누워 잠을 자기로 했다.

* 프랑스 소설가 폴 부르제의 소설 제목이기도 하다.

오스카가 육체의 유혹을 경험하다

그들이 잠에서 깼을 때에는 이미 해가 중천에 떠 있었다. 막스는 하품하며 기지개를 켜다가 게데온을 찾아가야 한다는 데 생각이 미쳤다. 시동을 걸고 자르브뤼켄으로 향한 그들은 정오 즈음에 그 국경 도시에 도착했다.

게데온을 안다는 사람은 아무도 없었다. 그의 전화번호도 없었다. 낙심한 두 여행자는 어느 카페 테라스에 앉았다.

"여기는 프랑스어를 하는 사람들이 참 많군!" 오스카가 놀라워했다.

"프랑스의 국경 도시 포르바크는 여기서 3분밖에 안 걸려요. 게다가 자르브뤼켄은 제2차 세계 대전 직후에 프랑스 점령지였잖아요. 1957년에야 다시 독일 영토로 귀속되었죠."

"내가 소르본에 귀속되었던 해로군. 난 좀 걸어야겠네. 우리, 자르 강 둑길을 산책하세."

요하네스키르슈 종탑에서 정오를 알리는 종소리가 울릴 때, 그들은 아주 오래된 돌다리를 보았다. 그러자 막스가 우스갯소리랍시고 한마디했다.

"저게 비스마르크 다리군요! 백주의 악마를 조심하세요!"

"악마가 있나 없나 숲에 가서 볼까나!" 오스카는 노래까지 흥얼흥얼거렸다.

우리의 주인공들은 전날 저녁 때 만났던 여 경관이 너무 뭘 모른다고 큰소리로 비웃어 댔다. 그들은 그 다리를 지나 자르 강을 건넜다. 사람이 살지 않는 듯한, 나무가 무성하고 습한 녹지가 나왔다. 다리가 훤히 드러나는 짧은 옷을 입은 여고생들이 까르르 웃으며 그들을 지나쳤다.

오스카는 걸음을 늦추었다.

"오늘은 여자들이 참 예뻐 보이는구먼! 이거, 갑자기 후끈 달아오르는데. 파나마모자도 없는데 어쩌나!"

"우리 나가죠. 이곳은 기분이 나빠요." 막스가 대꾸했다.

"이렇게 빨리 가시면 되나요, 아저씨들!"

몸에 딱 붙은 가죽 코르셋 차림의 늘씬한 여자가 밤나무에 기대어 서 있었다. 약간 쉰 듯한 목소리의 그녀가 그들을 불러 세운 것이었다.

오스카는 그 자리에서 굳어 버렸다.

"조금만 놀다 가시죠?" 여자가 말했다.

"저희는…… 피스톤 일곱 개짜리 펌프를 구하는 중입니다." 막스가 나섰다.

"펌프?" 여자가 궐련용 파이프를 꺼내며 까르르 웃었다. "그러면 츠바이브뤼켄에 가서 나타샤를 만나 보세요! 그쪽으로는 그녀가 꽉 잡고 있죠."

"정말입니까?" 막스가 놀라서 물었다.

"그렇다마다요! 나타샤는 옛날 캐나다 기지 제3요격부대 자리 옆에 살아요. 기계 쪽으로는 아주 통달해 있죠. 자, 이게 전화번호예요."

그들은 고맙다고 인사를 하고 츠바이브뤼켄으로 향했다. 30분 후, 그들은 '장미와 말의 도시'에 도착했다. 공자들의 웅장한 바로크식 성 '두 개의 다리Zwei-Brücken'에도, 거대한 꿩 사육 공원에도, 옛날 별궁 자리에 있는 야생 장미원에도 눈길 줄 일은 없었다. 그들은 나타샤를 찾고 있었으니까.

하지만 나타샤는 없었다. 여자가 알려준 주소에는 전직 프랑스 장교가 살고 있었는데 그는 문조차 열어 주지 않았다. 전직 장교는 문을 걸어 잠근 채 시트로엥 자동차 판매 특약점 주소만 가르쳐 주었다.

"카이저슬라우테른, 프리츠 발터 경기장 옆이오. 여기서 30분이면 갈 거요! 그 길은 눈 감고도 가지! 붉은 악마들의 경기는 놓친 역사가 없으니까!"

막스는 오스카에게 카이저슬라우테른은 프리드리히 바르바로사 황제의 도시이며 전통의 축구 클럽이 있는 곳이라고, 펌프는 둘째치더라도 한 번 가 볼 만한 명소라고 설명해야만 했다. 그들은 전직 장교의 말대로 했다.

경기장 근처에서 시트로엥 판매 특약점을 발견한 그들은 그곳으로 들어가 직원을 찾았다. 그러나 직원은 카탈로그를 살펴본 뒤 딱 잘라 말했다.

"그 부품은 코블렌츠에 있습니다."

"여기서 멉니까?" 막스가 물었다.

"천천히 가도 두 시간이면 갈걸요."

그래서 그들은 팔라티나트와 광대한 포도밭 사이로 내달렸다. 오스카는 이 도시 저 도시에 들러 힐데가르트 폰 빙겐, 니콜라우스 폰 쿠에스, 구텐베르크, 발레리 지스카르 데스탱(프랑스의 거물 정치인으로, 코블렌츠에서 출생했다) 등 이 고장이 낳은 위대한 정신의 소유자들을 기리지 못하는 데 아쉬움을 드러냈다.

"이 펌프가 우리를 버리고 가려나 봅니다. 그런 느낌이 들어요. 지금 당장은 철학보다 자동차 수리가 먼저예요."

점점 더 불안해진 막스가 그렇게 말했다.

골수가 빠진 자는 머리도 텅 비나니

두 시간 뒤, 그들은 코블렌츠에 도착했다. 에렌브라이트슈타인 요새가 보이는 그곳에서는 라인 강과 모젤 강 합류 지점이 파노라마처럼 시원하게 눈앞에 펼쳐졌다.

판매 특약점에서 가르쳐 준 주소는 부품 판매상이었다. 하지만 판매상 남자는 그 모델의 펌프는 모른다고 했다. 막스와 오스카는 밖으로 나왔다.

막스는 가게를 나오면서 축 늘어져서 이렇게 말했다.

"누가 우릴 놀리나 봐요."

오스카도 분에 못 이겨 외쳤다.

"백주의 악마가 농간을 부리는 모양이야. 자르브뤼켄에서 비스마르크 다리를 건너는 게 아니었어!"

"산책이나 해요. 그러면 좀 나아지겠죠."

그들은 DS에서 내려 천천히 코블렌츠를 둘러보았다. 요새의 성벽, 지하 감옥, 성채 할 것 없이 코블렌츠는 거리 구석구석에서 황제, 왕, 선제후들의 기풍을 뿜어냈다.

이 지방 명물이라는, 베이컨과 양파를 넣은 감자 그라탱의 일종인 데페콕헤Deppekoche와 햇포도주를 곁들여 먹고 나서 두 사람은 뮌츠플라츠를 거닐다가 예수이텐플라츠로 넘어갔다. 리프프라우엔 교회 앞에 이르자 오스카는 벤치에 앉았다. 그는 OVB라고 수가 놓인 손수건을 꺼내어 이마를 훔쳤다.

"우리가 에로스 센터의 나라에 와 있는 게 맞나?" 오스카가 대뜸 그렇게 물었다. "어쩌면 표지판 하나가 안 보이나. 외국인들을 무시해도 분수가 있지! 외국인 관광객들을 배려한다면 폼페이에서처럼 바위를 깎아 남근상이라도 몇 개 세워 놓아야지, 현지인들에게 낯 뜨거운 손짓 발짓으로 물어보라는 거야, 뭐야?"

막스는 분통이 터져 참을 수 없었다. 코블렌츠까지 와서 윤락가에 갈 생각을 하다니! 학생은 스승에게 선언했다.

"매춘은 노예 제도나 다름없는 예속입니다. 전 그런 더러운 짓거리에 동조할 수 없습니다."

"나도 자네 의견에 동의하네. 매춘은 세상에서 가장 긴 역사를 가지고 있지만 반드시 뿌리 뽑아야 하는 것이기도 하지. 하지만 매춘이 근절되기 전까지 그 직업에 종사하는 여성들도 먹고살아야 할 것 아닌가? 게다가 암묵적으로 통용되는 관습이라는 게 있지. 업소 여성들에게 오르가슴을 가장하도록 요구해선 안 돼. 난 항상 남학생들에게 이러한 원칙들을 가르쳐 왔네. 또한 손님은 그런 여성들을 붙잡고 속내를 털어놓아서는 안 돼. 그네들을 심중을 토로할 친구나 심리 상담사로 착각해선 안 된단 말씀이야. 그런 것까지 여자들이 신경 쓰게 해선 안 돼. 우리의 불안과 슬픔으로 업소 여성들을 당황스럽게 만들어선 안 될 일이지."

막스는 인상을 썼다.

"선생님 마음대로 하세요! 선생님과 저는 사는 세계가 다릅니다!"

"하지만 우리는 같은 택시를 타지 않았나! 날 윤락 업소로 데려다 주게. 너무 거창한 데 말고, 가까운 곳에 있는 작은 업소로. 진짜 장작으로 벽난로에 불을 피우는 옛날식 집 말이야. 가족적인 분위기가 있는 곳! 자, 저 골목 구석에 분홍색 네온사인이 보이는군! 저 오아시스에서라면 내 병을 고칠 수 있을 것 같은 예감이 들어."

그들은 니스를 칠한 멋진 나무 문 앞에 멈춰 섰다. 문짝 위에

'프네우마* 센터'라는 간판이 붙어 있었다.

막스가 못마땅한 눈으로 철학자를 쏘아보았다.

"가서 정신을 망가뜨리고 오시죠, 선생님! 정액을 함부로 낭비하는 자는 '프네우마'를 망칠 것이라고 하지 않았습니까! 골수를 흘리는 자는 뇌도 텅텅 비게 될걸요. 위대한 헤라클레이토스와 거인 파르메니데스, 아리스토텔레스까지도 정액에는 '프네우마'가 풍부하게 들끓는다고 주장했지요. 갈레노스, 포시도니오스, 에페소스의 루푸스, 카이사레아의 바실리우스, 오리바시우스에 이르기까지 모두가 남녀 간의 교합은 사유의 능력을 감퇴시킨다고 했습니다."

오스카는 변명했다.

"그냥 궁금해서 업소를 찾을 수도 있지 않나."

막스는 이 궁색한 변명에 웃음을 터뜨렸다. 그의 냉소적인 웃음소리가 골목에 울려 퍼졌다. 업소 문이 살짝 열리더니 끝내주게 예쁜 여자가 부드러운 음성과 완벽한 프랑스어로 말을 걸었다.

"저기요, 저희 가게 앞을 너무 오래 막지 않으셨으면 해요. 동네 주민들이 시끄러운 걸 싫어해서요."

오스카는 입이 떡 벌어졌다.

"세상에나, 프랑스어를 하시는군요!"

---

* '프네우마(pneuma)'는 스토아학파가 '제5원소'로 생각했던 생명 원소로서 숨, 호흡을 뜻한다.

"저는 프랑스 사람인데요. 제가 이 '기관'의 운영자입니다만. 니농 드 랑클로라고 해요."

"아니, 그 이름은……."

"제 조상 중에 같은 이름을 쓰는 니농 드 랑클로*가 있지요."

오스카는 막스를 돌아보았다.

"자네 들었나? 니농 드 랑클로의 후손을 이곳 코블렌츠에서 만나다니, 참으로 놀랍지 않은가! 훈계하기 좋아하는 택시 운전사 양반, 그럼 이따가 보세! 2시간쯤 뒤가 좋겠네. 이 격언을 명심하게. '부끄러운 것은 유곽에 들어가는 것이 아니라 유곽에서 나오지 못하는 것이다.' 디오게네스가 한 말이지."

"아뇨, 그건 아리스티포스가 한 말이에요!"

니농이 냉큼 그 말을 정정했다.

여성의 숭고에 대하여

오스카는 이튿날 아침 7시까지 코빼기도 보이지 않았다. 막스가 DS의 차체, 크롬 부분, 허브 캡을 공들여 반짝반짝하게 닦고 있을 때 스승님이 느릿느릿한 걸음으로 돌아왔다. 오스카는

---

* 17세기의 고급 창녀로서 몰리에르, 파스칼 등 당대 지식인들과 교류했다.

인사를 한 뒤 차 문을 열고 들어가 뒷좌석에 앉더니 주머니에서 명함 한 벌을 꺼냈다.

"자네, 프네우마 센터가 프랜차이즈라는 거 알고 있었나? 이런 종류의 놀라운 기관이 독일에서는 도시마다 지점을 두고 있다는구먼. 게다가 자네가 상상하는 일은 전혀 없었다네. 우리는 순전히 정신적인 교류를 했어. 우리는 철학에서 가장 어려운 개념을 두고 함께 작업을 했지. 인정할 만한 사상가들을 모두 두렵게 만드는 개념, 모든 사람이 매일 사용하지만 아무도 굳이 제대로 정의하려는 수고를 하지 않는 개념……. 바로 '바보짓거리'라는 개념이라네, 이 친구야! 누구도 감히 이런 시도를 하지 않았지. 그 결과가 얼마나 놀라운지 자네가 운전을 하면서 시큰둥하게 들을 얘기가 아니야. 자, 자리를 잡고 앉아 보게. 편안한 마음으로 어제 저녁에 무슨 일이 있었는지 들어 보게."

오스카는 헛기침으로 목을 가다듬고 대략 다음과 같은 이야기를 시작했다.

먼저 프네우마 센터 응접실에 대대적인 군중이 모인 건 아니라는 말을 해야겠군. 그 이유는 간단했지. 그날 텔레비전에서 축구 중계를 해줬거든. FC 카이저슬라우테른의 독일 슈퍼컵 결승 경기였지. 그래서 응접실에 모인 사람은 열 명이 좀 넘을까 말까였고 그중에서도 반은 센터에서 일하는 여자들이었지. 우리는 안락의자를 하나씩 차지하고 빙 둘러앉았네.

니뇽은 술 장식이 달린 넉넉한 쉬에드 재킷에 가죽바지, 거기다 두 가지 색깔이 들어간 군화 같은 부츠를 신고 있었지. 텍사스 모자만 쓰면 컨트리 여가수가 따로 없겠더라고. 니뇽은 가느다란 손가락으로 작은 종을 흔들어 사람들을 조용히 시켰어.

"친애하는 고객 여러분, 동료 여러분, 친구들, 슈퍼컵 결승 경기는 우리 같은 아티스트들에게 결코 좋은 일이 아니죠. 하지만 머릿수는 적을지언정 대단한 분들이 오셨습니다. 먼저 저명한 철학자 오스카 폰 발타자르 님이 이 자리에 참석해 주셨다는 얘기를 하고 싶군요. 우리의 계획을 독려하기 위해 소르본에서 일부러 와 주셨습니다. 우리 모두 감사드립시다!

여러분, 우리가 세상에서 가장 오래된 직업에 종사한다고 해서 이 일에 대대적인 혁신을 꾀하지 못하란 법은 없습니다. 시대가 변하고, 고객도 달라졌습니다. 그렇기 때문에 우리가 '프네우마 센터'라는 새로운 콘셉트를 잡지 않았습니까? 여러분도 알다시피 인간에게는 '아래의 것'과 '위의 것'이 함께 있습니다. 남성도 섹스가 다는 아니라는 점을 인정해야 합니다. 남성에게도 정신적인 욕구가 있죠. 자기 두뇌의 크기와 역량에 심하게 집착할 때도 있고요. 우리는 고객의 일체를 받아들이기로 작정했습니다. 그래서 고객의 '프네우마'를 맡기로 한 거죠. 사람의 위에서부터 아래까지 피를 돌게 하는 생명의 숨결을요. 이 숨을 순환시키는 방법에는 참으로 여러 가지가 있죠. 이제 '논쟁이 없으면 재미 보기도 없다!'는 우리의 모토에 따라서 그 방법들을 모두 실행하는 겁니다.

　오늘 저녁, 우리가 함께 선택한 주제를 소개하게 되어 영광스럽고 기쁩니다. 그 주제는 '여성의 숭고란 존재하는가?'입니다. 저는 오래전부터 이 의문을 품었고 여러분도 마찬가지일 거라고 생각합니다. 그 이유는 이 의문이 오늘날의 여성을 정의하기 때문입니다. 우리는 아름다움에 만족하지 않고 단연 빼어난 고상함을, 숭고함을 원합니다. 우리는 과연 그렇게 될 수 있을까요? 전 그렇다고 생각합니다. 하지만 여성 잡지는 결코 이런 종류의 주제를 다루지 않으니 우리 함께 연구해 봅시다. 우리는 아주 까다롭고 모든 것을 원하지요. 잼 레서피와 행복 레서피, 어느 쪽도 놓치지 않을 거예요.

　이제 본론으로 들어가야겠습니다. 우선 '숭고'를 정의합시다. 칸트에서 시작해 보죠. 쾨니히스베르크의 철학자는 숭고가 '절대적으로 위대한 것'이며 두려움을 자아낸다고 했습니다. 그런데 칸트의 말대로라면 우리 여성들은 뭔지 모를 타고난 결함 때문에 남성들처럼 두렵고도 아찔한 숭고를 느낄 수 없다고 합니다. 여성은 유한한 것만을 느낄 수 있다나요. 여성은 그렇게 제한되어 있는 겁니까?

　여러분, 저는 괜히 돌려 말하지 않겠습니다. 저는 칸트와 정반대로 여성이 어떤 풍경, 예술 작품, 행위를 바라보며 숭고를 느낄 수 있을 뿐만 아니라 여성은 '자신 안에' 숭고한 그 무엇을 가지고 있다고 주장하는 바입니다. 여성에겐 남성이 갖지 못한 것이 있습니다. 무엇인지 아시겠습니까?"

"아이를 낳을 수 있죠."

누군가가 말했지.

"육체적인 용기와 고통을 견디는 힘이 있죠!"

다른 사람이 말했네.

"여성은 자기를 희생할 수 있어요."

또 누군가가 그렇게 말했지.

니농은 이 대답들 모두에 고개를 저었네. 이아손이 자기를 버리고 연적에게 갔다는 이유로 자식들을 죽였던 메데이아도, 공장 노동자들과 똑같은 삶의 조건을 받아들이려 했던 시몬 베유도, 자신을 망신스럽게 만든 남편을 전 세계가 보는 앞에서 용서할 수 있었던 힐러리 클린턴도 여성의 숭고의 사례가 되지는 못했지. 여기저기서 답이 무엇이냐고 재촉하자 니농은 드디어 입을 열었네. 그녀는 스트라스부르의 아스파시아*에게서 그 답을 얻었다고 했어. 아스파시아는 뛰어난 미모와 기지로 명성이 높은 화류계 여인이지.

"어떻게 해서 그녀를 만났는지 말씀드리죠. 하지만 그 전에, 왕가슴 언니 마실 것 좀 더 가져와!"

---

* 아스파시아는 밀레투스의 창녀이자 사교계의 여왕으로서 소크라테스를 비롯한 당대 지식인들과 교류했고 페리클레스의 아들을 낳기도 했다.

스트라스부르 논쟁

스트라스부르 대성당 앞에서 열린 크리스마스 장터에서 생긴 일이에요. 아스파시아는 돈육 제품을 파는 매대와 매대 사이에 트레일러를 세워 놓고 카드 점을 봤지요. 끔찍이도 추운 날 나는 그곳에 찾아갔다가 문짝에 '10년 뒤에 돌아옵니다'라는 종이가 붙어 있는 걸 보고 하마터면 그냥 돌아올 뻔했지요. 하지만 문에 귀를 바짝 대 보니 여자들의 말소리가 들리기에 손님을 따돌리려는 수작이라는 걸 알았어요. 아스파시아는 무엇보다 철학적 대화를 즐겼고 그쪽에 재능도 뛰어났지요. 그날 아스파시아와 함께 있던 여자들은 콜마르의 올랭프와 비에르종의 힐데가르트였어요. 두 사람 다 화류계에 몸담았다가 아스파시아처럼 점쟁이로 전업한 여자들이지요. 계속 문을 두드리며 끈질기게 기다렸더니 드디어 사람이 나오더군요. 내가 아스파시아에게 여성의 숭고에 대해 아는지 물었더니 이런 얘기를 해주더군요.

"아가씨, 우리 이런 질문을 던져 봅시다. 무엇이 남자들에게 두려움을 불러일으키나요? 칸트처럼 죽을 때까지 숫총각이었던 사람 빼고는 누구나 알 겁니다. 괜히 변죽 울리지 말자고요. 숭고는 곧 외설이에요. 격정에 빠진 궁둥이는 성난 파도보다 더 힘이 세죠. 내 경험으로는 그래요. 사실, 절대와 무한으로 우리를 인도하는 '위쪽의 숭고', 선한 신의 냄새를 강하게 풍기는 숭고가 있는가 하면 쾨니히스베르크의 숫총각이 무시했던 '낮은 쪽의 숭고'도 있지요. 칸트는 이 자명한 또 하나의 숭고 앞에서 도피해 버렸어요. 별을 쳐다보는 대신 시선을 내려 '아래쪽을', 허리띠 아래를 보았어야 했는데 말이에요. 칸트는 그런 식으로 비트겐슈타인적인 의미에서 뭔가 '신비한 것'을 실험할 수도 있었을 거예요. '신비한' 경험은 우리로 하여금 다른 세상에 대한 생각을 갖게 만들죠. 일반적으로 우리는 세계 '내'에 있어요. 하지만 그 세계 내에서도 우리를 둘러싼 친밀한 거품 방울이 터지곤 하죠. 코란에서 예언자 마호메트가 신의 계시를 들었을 때처럼 우리도 깜짝 놀라 뒤로 나자빠지는 때가 있어요. 화가 쿠르베는 그러한 관념을 기막힌 그림으로 표현했죠. 벌거벗고 다리를 벌려 그곳을 훤히 드러낸 여자 그림 있잖아요. 쿠르베는 그 그림에 '세상의 기원'이라는 제목을 붙였죠. 정말 기가 막히죠! 그런데 우리는 그런 종류의 볼거리에 대해서 어떤 반응을 보이나요? 혐오감을 느끼면서도 동시에 어쩔 수 없이 끌리잖아요? 그렇게 숭고는 두 방향으로 작용하죠. 신의 준엄한 얼굴이 비치는 구름으로 이끄는 동시에 여성의 가랑이로 이끄는 거예요. 구름 쪽은 사제들과 칸트주의자들에게 맡기고 우리는 우리의 숭고한 왕국을 지키십시다."

바깥에서 사람들의 말소리가 점점 더 커지는데 콜마르의 올랭프가 입을 열었죠.

"오, 아스파시아, 우리의 성기가 숭고한다면 어째서 프랑스어로는 여성의 성기를 '병신con'이라고 할까요? 그건 너무 부당하지 않나요? 전혀 숭고하지도 않고요!"

아스파시아는 기뻐했어요.

"올랭프, 당신을 칭찬해야겠네요. 당신은 가슴만 큰 게 아니라 아주 훌륭한 좌뇌와 우뇌를 지니고 있어요. 당신의 예리한 질문을 나의 보잘것없는 지식으로 감당할 수 없다는 것을 알아 두세요. 하지만 나는 알자스 전역에서 지혜로 명성을 얻고 있는 힐데가르트가 우리에게 답을 줄 수 있으리라 확신해요."

힐데가르트는 식탁보 위에 마르세유 타로카드들을 기계적으로 펼치며 대답했어요.

"우리의 소중한 성기를 그딴 식으로 부르는 건 예의가 아니죠. 이렇게 고귀한 성기에는 마땅히 좀 더 의미 있는 이름이 붙어야 할 거예요. 달콤하고 고운 말이 잘 어울리는 기관에 왜 그렇게 막돼먹은 명칭이 붙었을까요? 음유 시인들과 마리보 같은 문인을 자랑하는 이들이라면(프랑스인들을 두고 하는 말이에요) 여성들에게 심히 불쾌하게 들리는 이 단어의 사용을 응당 자제해야 할 거예요. 어리석음과 여성의 신성한 그곳을 같은 단어로 지칭하다니, 신사를 자처하는 나라가 우리를 이렇게 대접해도 되나요? 이 단어 'con'은 옛날에 '토끼'를 가리키던 단어 'conil'에서 나왔죠. 암고양이, 새끼 고양이, 토끼 같은 귀여운 동물을 뜻하던 여성의 가랑이가 어째서 욕이 되어 버렸나요? 그러한 사랑스러움은 날아가고 부드러움은커녕 상처를 주는 말이 되어 버렸죠. 프랑스인들만 이렇게 무례한 용법을 쓰는 게 아니에요. 영국인들도 'cunt'라는 단어로 여성의 습한 풀밭과 어리석음을 동시에 가리키고 있죠.

빙빙 돌리지 않고, 까놓고 과감하게 말하겠어요. 프랑스어에는 '불알처럼 어리석은con comme une bite'이라는 표현도 있지요. 언뜻 생각하면 남성의 성기도 똑같은 취급을 받는 것처럼 보일 거예요. 하지만 허울에 속지 마세요! 가소로운 교란일 뿐이에요! 뭐라고 떠들든 우리의 음부con가 바보짓거리connerie의 중심지라는 점은 변하지 않죠. 나는 보편적 바보짓거리는 인류를 구성하는 남성과 여성이 똑같이 저지른다고 생각하는데 말이에요. 지독히도 끈질기죠! 예의도 없지요! 게다가 얼마나 부당한가요! 음부가 없으면 인류도 없어요. 암컷이든 수컷이든 사람 새끼는 제아무리 잘났어도 거기에서 만들어지고 나오는 거예요. 그런데 왜 그렇게 거길 미워한대요? 심지어 같은 여자들도 함정에 빠지죠. 그들이 하는 말을 들어 봐요! 니농, 당신도 프랑스 여자들이 'conne'라고 여성형을 쓰지 않고 '난 바보야je suis con'라고 하는 말을 많이 들어 봤을 거예요. 문법을 모르는 것도 아니면서 그런 말을 하는 여자들이 얼마나 많나요. 어째서 이렇게 희한한 문법상의 오류가 통용될까요? 사실, 문법은 문제가 아니에요. 프랑스 여자의 입에서 나오는 'con'은 형용사가 아니라 우리의 성스러운 동굴을 가리키는 명사죠. '난 바보야'는 '나는 내 거시기 같아', '나는 나의 성기야'라는 뜻으로 하는 말이에요. 왜 우리의 성

막^{聖幕}을, 이토록 고도로 정교하게 만들어진 기관을 경멸하는 거죠? 정말 부당하고 김빠져요. 인생의 목표는 단 하나, 거기로 놀아 보는 것* 아닌가요?

이 모든 것이 나처럼 학문이 일천한 사람은 풀기 어려운 의문들을 낳았네요. 하지만 많이 배웠다는 사람들, 이를테면 철학자들은 어째서 음부의 수수께끼를 밝히고 바보, 백치, 머저리, 얼간이 개념들을 명확히 구별하는 데 공을 들이지 않을까요? 그밖에도 일상생활에 없어서는 안 될 수많은 개념들을 철학자들은 왜 관심 밖으로 내버려 둘까요?"

올랭프는 커피 메이커가 추출하는 커피를 기다렸다가 자기 의견을 피력했어요.

"내가 철학자들은 좀 알죠. 단골손님들 중에도 몇 명 있어요. 철학자들은 용기가 부족해요. '음부'라는 말은 상스러울 뿐 아니라 위험한 주제죠. 거시기를 건드리는 연구자에겐 조롱과 야유밖에 돌아오지 않아요. 소르본에서 공부하는 학생이 '음부에 대하여, 헤라클레이토스에서 사르트르까지'라는 주제로 박사 논문 심사를 받는다고 상상해 보세요. 콜레주 드 프랑스 교수가 '지랄**이란 무엇인가?'라는 주제로 세미나를 여는 것 보셨나요. 솔직히 말해 나는 우리 같은 섹스 전문가들만이 이러한 성찰

* 원어는 'jouer au con'으로 직역하면 위의 표현과 같지만 여기에는 '바보짓을 하다, 꼴값하다'라는 의미가 있다.
** 여기서 '지랄하다'로 옮긴 'déconner'는 'con'에서 파생된 단어이다.

을 밀고 나갈 수 있다고 봐요. 우리는 그 단어도, 그 단어가 가리키는 것도 두려워하지 않죠. 우린 명성도 없고 이력도 없으니 잃을 게 없죠. 우리는 무지하지만 음부 감각이라는 게 있죠."

올랭프는 여기까지 의견을 피력하고는 자기 커피잔에 증류주를 조금 따랐어요.

"여러분에게 아주 오래된 옛날 얘기를 하겠어요. 우리의 본성이 용솟음치던 시절, 사랑의 뜨거운 샘이 남자들만의 것이 아니던 시절이요. 그 황금시대에는 우리도 정력적으로 우리의 종자를 실은 애액을 뿜을 수 있었지요. 그래요, 우리 여자들도 사정을 했었다는 말이에요. 고대 의사들은 여성의 정액은 남성의 정액보다 더 차갑고 남녀가 교합할 때에 여성 정액이 남성 정액보다 많으면 여자아이를 잉태하게 된다고 주장했어요."

힐데가르트가 반발하더군요.

"그건 여자들을 욕보이는 이론이잖아요. 우리 정액은 차갑고 남자들의 정액은 뜨겁다니…… 또 번지수를 잘못 짚었다고요!"

올랭프는 계속 말했어요.

"성급하게 판단하지 말아요! 이 이론에는 여성들에게 유리한 점이 몇 가지 있어요. 예를 들어 새 생명의 수태는 우리가 쾌감을 느끼는가에 달려 있죠. 체액을 분출하지 않으면 아이도 생기지 않는다는 거니까. 여성이 쾌감을 느낀다는 조건 하에서만 강력한 체액으로써 잉태를 할 수 있는 거예요. 그러니 자손을 보고 싶은 남편은 어떡하든 아내를 만족시켜야 하죠. 부인에게 쾌감을 주지 못하는 남편은 자식도 못 보는 거예요!"

그러자 아스파시아가 지적했어요.

"하지만 당신이 지금까지 묘사한 여성들의 옛 습성 때문에 난처한 점도 있을 수 있어요. 임신한 여자는 필연적으로 사정을 했다는 얘기, 결국 자기도 즐겼다는 거잖아요. 그렇다면 강간을 당한 여자가 임신을 했다면 그 여자가 재미를 보고 '쌌다는' 말이 돼요. 사실은 강간이 아니었다, 여자가 완강히 거부하지 않았다, 이런 얘기죠."

올랭프가 대꾸했어요.

"전적으로 옳은 말씀이에요. '싼다'는 표현을 쓰셨는데 아주 잘하셨어요. 이건 참 흥미로운 말이죠. 왜냐하면 우리의 선조들은 관능적인 쾌락이 넘쳐날 때에 이런 표현을 썼으니까요. '싼다'는 말은 '즐겼다', 다시 말해 '사정했다'는 뜻이에요. 이 표현들은 모든 수준에서 동등하게 쓰이죠."

힐데가르트가 다시 반론을 내놓았어요.

"시대가 변했어요. 오늘날 대부분의 여성들은 남성이 우리에게 해야 할 일을 할 때 애액을 분출하는 느낌을 잃어버렸죠. 우리의 다리 사이에 위치한 어떤 여성적 힘이 사라졌어요. 그건 19세기의 괴상한 학자들이 여성의 애액은 아이가 생기는 데에 아무역할도 하지 않고 난자만 있으면 된다고 했기 때문이에요. 뭐라고요? 여자들은 암탉처럼 알을 낳고 남자들의 정액 속에는 꼬물꼬물 헤엄치는 벌레 같은 것들이 있다고요? 그런데 결국은 이 이론이 우세해졌어요. 이 이론이 우리 여성들의 무의식을 얼마나 망가뜨렸나요! 이건 우리 여성들이 아직 전면적으로 재고해 보지 않은 역사적 트라우마라고요. 새로운 상황이 나타난 거예요. 사정과 정액은 남성의 전유물이 된 거죠. 폭발, 분출, 총, 축구는 남성의 것이죠. 여성에겐 아무것도 없어요! 우린 호쾌하게 '싸지' 못하고 조심스럽게 '젖기'만 하죠. 폭포는 이슬로, 홍수는 스밈으로 변했어요. 이렇게 격정적인 '싸기'는 생식력을 잃어버리고 묽어 빠진 액체, 쾌감의 보조제, 별것 아닌 윤활제 정도로 전락했어요. 분수처럼 기세 좋게 싸던 그 옛날의 여자들은 어디로 갔나요? 음부는 격하되고 가치를 잃은 채 어리석음의 대명사가 되었어요."

우리의 주인공들, 괴상한 수녀와 만나다

"이것이 내가 니농에게서 배운 바일세."

오스카는 이렇게 말을 맺고는 뒤셀도르프에 가고 싶다고 했다.

그는 백주의 악마에 사로잡혀 있었으므로 다른 도시의 프네우마 센터들도 들러 보고 싶어 했다. 막스는 어떻게 오스카를 말려야 할지, 어떻게 스승을 철학의 바른 길로 되돌릴 수 있을지 엄두가 나지 않았다. 그는 오스카의 명령을 따르는 척하면서 독일의 북부 도시 본Bonn으로 길을 잡았다. 막스의 심중은 이러했다. '상서로운 별이 우리의 시련을 굽어보시기를, 되는 대로 달리다 보면 언젠가는 퇴마에 일가견이 있는 누군가를 만나게 되겠지.'

바로 그런 일이 라흐 호수 근처 안더나흐 휴게소에서 일어났다.

땅딸막한 50대 여자가 하얀 가죽의 바이크 수트를 입고 까만색 헬멧을 발치에 내려놓은 채 구찌 V11 모터사이클에 앉아 있었다. 자주색 십자가가 그려져 있는 사이드카에 한 발을 올려놓은 그녀에게서 선한 기운이 뿜어져 나왔다. 그녀는 에어 펌프 앞에 모터사이클을 세워 놓고 있었다.

그녀는 우르술라 수녀회 특유의 하얀 모자를 쓰고 있지 않았고, 베네딕투스 수녀회의 검은 원피스를 입지도 않았으며, 클라리사 수녀회의 보닛 모자도 없었다. 베긴 교단의 나무 십자가를 걸지도 않았으며, 방문 수녀회의 나무 샌들을 신지도 않았다. 아우구스티누스회의 잿빛 옷도, 지혜의 딸 수녀회의 면 블라우스도, 카르멜 수녀회의 양말도, 트라피스트 수녀회의 모직 바지도, 아우구스티누스회 특유의 모자도 갖추지 않았다.

그녀의 이름은 안젤라였다. 안젤라는 모터사이클회가 입는 하얀 가죽의 바이크 수트를 입고 있었다. 왼쪽 가슴께에 달린 자주색 십자가만이 그녀가 수녀임을 알려 주었다. 안젤라는 밤낮으로 오토바이를 타고 순찰하면서 도로에서 봉변을 당한 여행자들을 돕는 일을 하는 수녀회 소속이었다.

막스는 그녀에게 오스카의 병이 무엇인지 설명할 필요도 없었다. 안젤라는 놀라운 예지력으로 그들의 사정을 다 꿰뚫어 보았다. 그녀의 풍만한 몸매에서 떠나지 않는 철학자의 이글거리는 눈빛은 그녀의 짐작을 확고히 해주었다.

모터사이클을 타는 수녀는 오스카의 눈을 똑바로 들여다보았다.

"뒤셀도르프에는 볼 게 없어요. 가 봤자 깡통 찰 일밖에 없다고!"

오스카는 고개를 푹 수그리고 한숨을 쉬었다. 병이 다 나은 것이었다.

"수녀님을 만나게 되서 정말 다행입니다!" 막스는 안젤라 수녀의 귀에 대고 속삭였다.

"이 고속도로에서 도움이 필요한 사람이 있다면 누구든 돕는 것이 제 소명입니다. 저는 뮌헨으로 가는 길이에요. 같이 가실까요? 제가 길을 열어 드리죠."

안젤라는 민첩하게 자신의 구찌 V11에 올라탔다.

오스카는 어떻게 독일어를 배웠는가

남쪽으로 내려가 마인츠에 있는 구텐베르크 박물관에 들른 그들은 이 도시가 낳은 가장 유명한 인물이 인쇄했다는 성경 판본 두 점을 보며 감탄을 금치 못했다. 오스카는 로렐라이 바위가 있는 곳까지 산책하고 싶어 했지만 안젤라는 그날 저녁까지 뮌헨에 도착해야 하기 때문에 시간이 없다고 했다.

그러나 바이에른 지방을 향한 여정에 오른 그들은 하이델베르크를 지나칠 수 없었다. 오스카는 하이델베르크에서 '철학자의 길'을 거닐 수 있었다. 괴테, 브렌타노, 아이헨도르프 같은 시인들이 즐겨 거닐던 그 길이었다. 그들은 여기저기 자라는 이국적 식물의 향기를 맡으며 하일리겐베르크 동산 꼭대기까지 올라갔다. 그곳에서 어떤 수다쟁이 아이가 막스에게 다가왔고 막스는 아이가 뭐라고 옹알대는 건지 한참을 생각하다가 문득 자신의 어리석음을 깨달았다. 그는 독일에 있었지만 독일어를 할 줄 몰랐다. 그가 아는 것은 아무 소용이 없었다. 막스는 자신의 멍청한 짓거리에 충격을 받은 나머지 뇌가 떨어져 나간 것 같았다. 체면을 구기지 않을 방법은 사람을 피하고 대화를 피하며 고립되는 것뿐이었고, 그렇게 해서 점점 더 바보가 될 수밖에 없었다. 한편 오스카는 철학을 전공한다는 대학생들과 유창하게 대화를 나누고 있었다. 막스는 오스카를 추켜세웠다.

"선생님은 노래하듯 유창하게 독일어를 구사하시네요. 목구멍을 많이 울리지 않고 딱딱하게 들리지도 않아요. 프랑스 사람들이 흔히 독일어에 대해 갖는 딱한 선입견과는 전혀 다른데요."

오스카는 당황했다.

"솔직히 말하면 대화의 주제가 무엇이냐에 따라 다르네. 나는 철학에 대해서만 독일어로 얘기할 수 있어. 좀 더 정확하게 말하자면 형이상학에 대해서만, 콕 집어 말하자면 《순수이성비판》의 독일어만을 구사한다네. 고백하자면 나는 칸트를 읽으면서 독일어를 배웠네. 《순수이성비판》 중에서도 '초월적 감성학' 부분만으로 독일어를 배웠지. 조금만 참을성이 있다면 누구나 할 수 있어. 1년쯤 매일매일 한 시간씩 큰소리로 읽기만 하면 되니까. 그럼 결국 깨우치게 돼. 하지만 대화 상대를 만나기는 정말 어렵지. 조금 전에는 운이 좋아서 대학생들을 만났지만 말이야. 일상생활에서 쓰는 말은 못한다네. 길을 물어보거나 빵을 살 수도 없어. 반면에 선험적 종합 판단에 대해서는 대화를 나눌 수 있지. 게다가 나는 《실천이성비판》 서문에서 어떤 상황에서든 써먹을 수 있는 만능 표현도 발견했네. 한 번은 독일의 어느 빵집에서 나보고 뭘 사겠느냐고 물어보기에 독일어로 이렇게 대답했지. '하늘에는 반짝이는 별들이 있고, 내 안에는 도덕법칙이 있습니다Der bestirnte Himmel über mir und das moralische Gesetz in mir.' 물론 빵집 여자는 내 말을 이해하지 못했고 난 빈손으로 나와야 했네. 그러니까 나는 독일에서 굶어죽을지는 몰라도 바보로서 죽을 일은 없을걸세."

귀족임을 나타내는 접두사 'von'과 진정한 귀족성

그들은 다시 남쪽으로 내려갔다. 사고도 없고, 고장도 없고, 절망도 없는, 그야말로 복된 하루였다. 모터사이클을 탄 수녀는 고속도로를 신나게 질주했다. 블루멘바흐 즈음에 이르자 막스는 철학의 나라 독일에서 자신은 지금 성지 순례를 하고 있는 것이라는 생각이 들었다. 대人알베르트, 라이프니츠, 칸트, 헤겔, 피히테, 셸링, 쇼펜하우어, 마르크스, 니체, 후설, 아렌트, 아도르노, 하이데거가 다 이 나라 사람 아닌가.

"하이데거는 독일어가 형이상학에 적합한 언어라고, 독일어는 진정한 철학의 언어요, 나머지는 모두 알아들을 수 없는 소리와 옹알이에 지나지 않는다고 하지 않았습니까? 마치 축구가 1980년대에 그랬던 것처럼요. 당시에 독일은 축구 강국이었죠. 철학도 독일인들이 가장 뛰어난 기량을 보이는 스포츠 같은 것이고요."

막스의 말에 오스카 폰 발타자르는 충격을 받았다. 그는 독일 철학자들은 프랑스 철학의 명철하면서도 경쾌한 면을 높이 사고, 반대로 프랑스 철학자들은 독일 철학의 진지함과 엄정성에 깊은 인상을 받는 것이라면서 막스가 단단히 오해를 하고 있다고 말했다.

막스는 더 이상 참지 못하고 이렇게 말했다.

"하지만 그러는 선생님도 독일계이시잖아요. 오스카 '폰' 발타자르…… 독일계라는 확고한 표시잖아요? 그러니 선생님은 운이 좋으신 거죠. 철학계에서 성공하려면 독일 성姓을 갖는 게 유리하잖아요. BMW 대형 엔진이 르노나 라다보다 위력을 발휘하는 것과 마찬가지죠. 반대로 미용업계에서 성공하고 싶다면 프랑스 성이 좀 더 좋은 인상을 주겠죠."

"이보게, 젊은이, 나는 원래 업둥이였고 내 성은 양부모가 붙여 준 거라네. 내 성은 내가 마지막 숨을 거둘 때 반납해야 할 빌려 입은 옷이나 다름없어. 게다가 '발타자르'라는 이름의 영지나 성이나 지명은 아무 데도 없다네. 물론, 우리처럼 사유를 업으로 삼는 사람들은 그 어느 곳 출신도 아니니 차라리 잘된 일이긴 해. 우리의 조국은 지평선만이 경계를 알려 주는 광대한 초원이지. 우리는 바람의 자식이요, 공간에 대한 열정, 연장延長에 대한 열정이 있는 자들이네. 우리 앞에 광대함이 펼쳐질 때 우리는 더 멀리 나아가지."

"하지만 선생님의 이름에는 '폰von'이라는 중요한 단어가 들어가죠. 귀족 출신 아니십니까."

"그러는 자네는? 자네 이름 '막스 드 쿨'에도 귀족처럼 보이는, 아니 귀족처럼 들리는 'de'가 들어가지 않나. 자네 이름에도 귀족임을 나타내는 접두사가 붙는 듯 보이지만 자네가 귀족은 아니지. 난 자네를 처음 만났을 때부터 알아봤네. 네덜란드에 대한 몇 가지 지식으로 미루어 보건대 'de'는 프랑스어에서 정관사 'le'에 해당하지. 또 자네 이름의 'kool'은 '귀염둥이'를 뜻하는 'chou'에 해당하고. 자네도 아니라고는 못 할걸. 그러니까 프랑스어로 자네 이름은 '귀염둥이 막스_{Max le chou}'라는 뜻이지. 물론 이 이름이 '막스 드 쿨'처럼 멋진 인상을 주진 못하지만 그게 뭐 중요하겠나! 단, 프랑스인들은, 이를테면 블랑딘 양은 '막스 드 쿨'이라는 이름을 듣고 자네가 귀족 출신일 거라고 생각하겠지만 말이야."

"그럼 우리 둘 다 가짜 귀족이군요!"

"아니지, 우리가 진정한 귀족이지. 우리는 철학자가 아닌가. 참다운 귀족이란 정신의 귀족이거든. 우리는 탁월성과 숭고, 가장 약한 자들에 대한 의무와 봉사를 아는 기사들이지. 동정을 모르는 탁월성은 오만일 뿐이야. 우리만의 귀족성은 혈통이나 소사 따위에 있지 않고 송과선*에 있다네."

"송과선?"

"데카르트가 그토록 중요시했던 송과선을 모르단 말인가! 데카르트는 마음과 신체의 연합이 송과선 덕분에 가능하다고 했지. 송과선은 있든가, 아니면 없겠지. 우리는 철학자이든가, 철

---

* 머리의 가운데에 위치한 내분비기관으로 멜라토닌을 만들고 분비한다.

학자가 아니겠지. 이건 유전의 문제가 아니라 송과선의 문제야. 그러니까 '폰'이나 '드'는 잊어버리고, 자네는 운전석에서 나는 뒷좌석에서, 라틴 사람들이 '고결함magnanimité'이라 부르며 '심약함 pusillanimité'과 대비시켰던 그 영혼의 위대함을 함께 연마해 보세. 우리는 절대로 소인배가 되어서는 안 돼!"

"선생님 말씀에 찬성합니다. 바로 그 때문에 저는 철학 선생이 되고 싶지 않았던 겁니다."

"거짓을 말하지는 말게. 자네를 가르쳐 준 사람들을 욕되게 해서야 쓰나! 정신적 아버지들을 존중하게!"

"저는 교직에 몸담은 이들의 공무원 같은 태도가 정말 싫었습니다."

"이보게, 철학자에게 고약한 문제는 공무원이 되는 것이 아니라 '소인배' 공무원이 되는 거라네."

하룻밤 사이에 데카르트주의자 되기

날이 저물자 오스카는 울름 근처의 노이부르크 안 데어 도나우라는 도시에 호텔을 잡고 제대로 된 침대에서 밤을 보냈으면 좋겠다는 뜻을 비쳤다. 그 도시는 맥주 축제가 한창이었다. 두 사람은 바이에른 지방에서 최고라는 시립 브라스 밴드의 구성진

연주를 들으며 입성했고 맛있는 슈크르트와 겨자를 곁들인 하얀 소시지, 돼지 족발과 브레첼 따위를 먹었다. 그리고 얼마 후 군중과 천막, 통나무집 따위를 등지고 데카르트 김나지움으로 향했다. 세 명의 여행자는 멀지 않은 곳에서 여주인이 혼자 운영하는 숙박업소를 찾았다. 그곳에서 빌릴 수 있는 방은 세 칸뿐이었는데 '특실'이라고 부르는 가장 큰 방은 내부가 고풍스러운 목재로 마감되어 있었다. 벽에는 화덕이 딸려 있었고 초록색과 하얀색 도기 타일을 붙인 으리으리한 가구와 따뜻하게 앉아 있을 수 있는 계단식 좌석도 있었다. 화덕에 장작으로 불을 피우면 다른 방까지 따뜻해지는 구조였다. 얼마나 근사한가! 여주인은 '쿠스트chust'라고 부르는 이 예스러운 장치를 몹시 자랑스러워했다.

"이건 독일 남부 슈바르츠발트와 스위스에서만 볼 수 있는 전통적인 장치라우. 정말 놀랍지 않수! 불이 보이지도 않고, 불티가 튀거나 불꽃이 넘실대는 법도 없다우. 중앙난방 장치의 원조라고나 할까."

손님들이 프랑스인이라는 것을 알고 살갑게 굴던 여주인이 오스카에게 말했다.

"손님께는 데카르트실을 드려야 한다는 직감이 드는구먼. 그 위대한 철학자가 이 집에 머무는 동안 그 방에서 주무셨거든. 데카르트가 청년기에 바이에른 군대에 몸담았잖수."

여주인은 아래쪽 계단식 좌석에 앉아서 데카르트의 체류를 바로 어제 일인 양 이야기했다.

"우리가 있는 바로 이 방에서 철학자는 심한 열사병을 앓았다우. 하인이 '쿠스트'에 불을 너무 세게 지폈거나, 우르스베르크 수도원에서 양조하는 이 고장 특산 맥주를 철학자가 너무 많이 마셨거나 둘 중 하나일 테지. 어쩌면 그 두 가지 모두일 수도 있고. 어쨌거나 철학자는 환각에 사로잡혀 방 안에 불똥이 비처럼 쏟아진다고 헛소리를 해대고, 괴상한 꿈에 시달렸다우. 이런, 지루한 얘길 쓸데없이 떠들었구먼…… 하여간 요즘은 저녁 날씨가 썰렁해서 '쿠스트'에 불을 피워 놓았으니. 잘들 주무시구려. 누가 알겠수? 데카르트의 유령이 발가락이라도 간질이러 나타날지!"

여주인이 겔겔대며 삐걱거리는 복도로 나가자 막스는 오스카에게 여주인의 이야기가 사실인지 물어보았다. 오스카는 그럴 거라고 장담했다.

"1619년 11월 10일에 데카르트는 스물세 살이었지. 믿을 만한 증인들이 그가 고열에 시달리던 밤에 철학자로서의 운명을 계시 받았다고 얘기했네. 다만, 그 문제의 장소가 정말로 이 여인숙인지는 모르겠지만. 뭐랄까, 여기는 좀…… 갑갑하구먼."

막스와 안젤라는 잘 자라는 인사를 한 뒤 오스카를 그 명예로운 방에 홀로 남기고 사라졌다.

이튿날 아침식사 시간에 나타난 오스카는 눈동자에 초점이 없었고, 눈도 제대로 뜨지 못했다.

"잠을 아주 설쳤네. 쿠스트는 온도를 조절할 수 없다는 점이 영 불편하더구먼. 너무 더워서 미치는 줄 알았어, 데카르트처럼 말이야. 나도 데카르트처럼 환각을 보고 악몽을 꾸었다네."

오스카는 엄지손가락으로 미간의 한 지점을 꾹 누르며 마사지했다.

"송과선이 뻐근하구먼."

막스는 소시지를 와작와작 씹으며 빈정거렸다.

"그럼 송과선이 실제로 존재한다는 것이 입증됐군요."

"불안하네…… 당장 여기서 떠나야겠네! 이 집은 위험해! 송과선에 염증이 생긴 것 같아…… 급성 송과선염이야!"

오스카의 말에 막스는 놀라 되물었다.

"지금 데카르트가 머물던 방에서 잠을 자면, 그러니까 데카르트와 같은 조건에 처하면 데카르트주의자가 된다고 얘기하고 싶으신 건가요? 아니면 데카르트병에 걸리신 겁니까?"

"충분히 그럴 수 있지. 고대인들은 그런 것을 '꿈 요법incubation' 이라고 불렀네. 아스클레피오스나 그 밖의 다른 치유의 신의 숨결이 깃든 장소에서 하룻밤 푹 자고 나면 꿈속에서 그 신이 찾아와 다음 날이면 씻은 듯이 낫게 된다고 말이야. 문제는 내가 멀쩡한 몸으로 그 방에 들어갔다가 감염된 몸으로 나왔다는 거야. 뜨거운 방에 누워서 지나치게 많은 꿈을 꿨네. 데카르트 전집이 라틴어 판본, 프랑스어 판본으로 눈앞에서 주마등처럼 스쳐 가며 휙휙 넘어 가지 뭔가."

"당연하죠, 파스칼도 조금 다른 표현으로 이렇게 말하지 않았나요. '무릎을 꿇어라, 머지않아 믿게 될지니!' 이걸 해석하자면 '쿠스트로 몸을 뜨겁게 덮혀라, 데카르트주의자가 될지니!' 아니겠어요."

오스카도 이 말에 동의했다.

"철학은 정신적인 것이 아니야. 철학은 모공으로 흡수되고 피부로 숨 쉬는 것이지. 만약 자네가 데카르트처럼 잠을 자고 데카르트처럼 꿈을 꾼다면 생각도 데카르트처럼 하게 될 거야."

데카르트의 침대에서

"'데카르트처럼 생각한다'는 게 어떤 건지 설명해 주세요."

막스 드 쿨이 청했다.

오스카는 창가에 서서 사람들을 구경하고 있었다. 빗길에 출근하는 사람들이 스카프와 모자, 우산으로 무장한 채 바쁘게 길을 걷고 있었다.

"저 행인들을 바라보면서 나는 생각하네. 저들은 진짜 사람일까, 아니면 아주 정교하게 만들어진 로봇일까? 저들이 자네나 나처럼 뼈와 살로 이루어진 진짜 사람이라는 것을 어떻게 증명할 수 있을까? 데카르트가 '두 번째 성찰'에서 제기했던 의문이 바로 이것이었네. 그는 멀쩡한 정신으로 제정신이 아닌 사람이 가질 만한 의문을 품었던 거야."

멀찍이서 두 프랑스인의 대화를 듣고 있던 여인숙 주인이 슬며시 다가와 말을 보탰다.

"내가 일하는 병원의 정신병자들도 똑같은 질문을 했다우."

"그러면 그 환자들에게 뭐라고 대답하십니까, 부인?"

"진정제를 줘 버리지. 그러면 더 이상 현실이나 주위의 모든 것을 의심하지 않는다우. 데카르트도 정신분열증 기미가 있었던 게 분명해."

"여기처럼 난방을 과하게 하는 숙소에서 잠을 자면 송과선이 과열되고 맙니다. 나로 말하자면, 진정제나 입원은 필요 없습니다. 나 나름대로 데카르트주의를 해독할 방책을 지니고 있으니까요. 여러분, 보세요, 어떤 철학 사조에서 벗어나려면 다른 철학 사조에 기대는 방법밖에 없습니다. 다른 것을 삼켜야 시원하게 쏟아 낼 수가 있죠. 새것이 옛것을 대신하는 법이니까요. 생각을 할 수 없게 되는 것이 사유의 공허입니다. 이 경우, 안에서 터지게 되어 있어요. 저 방황하는 개들의 무리 망다르들을 보십시오."

막스가 이의를 제기했다.

"공허는 오히려 사유를 진정시키고 평화롭게 하지 않나요."

"하찮은 소리는 집어치우고 거기 에멘탈 치즈나 건네주게! 평화와 사유는 상반되는 단어들일세. 사유는 언제나 누군가와의 대립이네. 설령 자기 혼자만의 사유라 해도 자기 자신에 반反하여 생각하는 법이야. 사유는 싸우고, 칼을 겨루고, 입씨름을 하는 것이지. 나는 어젯밤에 감염된 데카르트주의를 깨끗이 청산해야겠네. 그래서 니체주의를 시도해 볼까 하네."

"왜 하필 니체입니까? 보틸*이나 올레 라프륀은 어때서요?"

"그 이유는 내가 나를 구원할 꿈도 꾸었기 때문이지. 꿈속에서 검은 옷을 입은 한 남자가 나에게 와서 멜론 한 알을 주며 이렇게 말했지. '바이마르로 가라, 거기서 언덕 위의 붉은 집으로 가거라.' 멜론이 무엇을 상징하는지는 전혀 모르겠네만, 그거야 가는 길에 얘기해 보면 되잖나. '바이마르'에 대해서는 해석을 개입시키지 않고 그대로 따르려네. 그러니 바이마르로 가는 가장 빠른 길을 타고 그 붉은 집을 찾아 보세! 이제부터 자네 DS가 일으키는 말썽에 휘둘리지 않고 내 꿈의 지시를 좇아 행선지를 정할 거야. 모두들 나의 저서가 나오길 바라지만 나의 꿈에는 아무도 관심을 기울이지 않지. 그건 큰 잘못이야. 왜냐하면 내 강의보다는 내 꿈이 더 가치가 있거든. 물론 새로운 꿈의 열쇠를 만들어 낸다는 전제가 따르지만 말일세. 막스, 그 일은 자네가 해야 할걸. 꿈의 열쇠를 지닌 자가 권력의 열쇠도 갖는 법이지."

이 말을 들은 여인숙 주인은 측은하다는 표정으로 오스카를

---

* 장 바티스트 보틸을 가리킨다. 이 책의 저자 프레데릭 파제스가 다른 작가 몇 명과 함께 만들어 낸 가상의 철학자이다. 보틸이라는 이름으로 발표된 저서로는《임마누엘 칸트의 성생활》,《니체와 백주의 악마》등이 있다.

바라보았다. 그녀는 한숨을 쉬고는 마음의 표시로 숙박비는 받지 않을 테니 그냥 가라며 서둘러 그들을 빗속으로 내몰았다.

철학의 촉각적 전통

기도를 올리고 가야 한다는 안젤라의 청에 따라 그들은 고딕 양식 건축물 가운데 최고 높이인 161미터를 자랑하는 울름 대성당에 들렀다. 오스카는 비행기 격납고처럼 널따란 중앙 홀에 이르러 둥근 석조 천장을 쳐다보며 독일어로 중얼거렸다.

"울름과 울름 근방In Ulm und um Ulm herum."

오스카가 독일 동요 한 가락을 흥얼거리자 성당에서 불경을 외운다고 오해한 안젤라는 자기 혼자 대 알베르트에게 헌정된 부속 예배실로 가겠다며 분노했다.

오스카가 안젤라에게 말했다.

"그럼 조금 이따가 뵙겠습니다. 하지만 《아랍인들의 오류에 반하여》의 저자*에게 왜 그리 열심이신지 궁금하군요."

"저는 선생님의 영혼이 잘되기를 빌어야 하는데 알베르트야말로 이상적인 매개자이시기 때문이죠. 알베르트는 당대 최고의 지

---

* 대 알베르트를 말한다. 13세기 독일의 철학자이자 신학자로서 도미니크 수도회의 위대한 학자로 일컬어진다.

성이었지만 그 지성이 자기 것이 아니라 성모님께서 잠시 맡긴 선물임을 알았지요. 알베르트는 죽기 전에도 드디어 모든 기만을 끝내고 성모 마리아께 그 지성을 돌려 드려야 한다고 생각했어요."

오스카는 질렸다는 듯이 중얼거렸다.

"꼭 장 폴 사르트르 같군요."

"그렇게 해서 대 알베르트는 죽음에 이르러서야 진정한 자기 자신이 되었죠. 다시 말해, 어리석은 인간의 모습으로 돌아온 거예요. 철학자 양반들께서는 이 아름다운 이야기를 두고두고 곰곰이 생각해 보셔야 할 거예요."

그때 신도 악마도 믿지 않는 막스가 나섰다.

"수녀님, 명심하겠습니다. 하지만 우리는 아주 오랫동안 자동차 여행을 했기 때문에 먼저 몸을 좀 풀어야겠습니다. 자, 선생님, 이리 오세요. 우리는 저 탑에나 올라가 보죠. 700개도 넘는 계단을 올라가다 보면 다리도 튼튼해지고 정신도 맑아질 거예요."

오스카는 막스의 말은 들은 척도 하지 않고 거대한 석조 강단 아래로 걸어갔다. 그 강단은 매년 사순절 강론 때에만 쓰이는 것이었다. 오스카가 감탄하며 말했다.

"어쨌거나 소르본의 강단과는 다르구먼!"

강단에 올라가지 않고 두 눈을 감은 채 두 손으로 돌기둥을 더듬으며 천천히 기둥 주위를 돌고 있는 오스카를 보며 막스는 왜 그런 이상한 행동을 하는지 물었다.

"촉각적 전통을 발전시키고 있네. 지금까지 철학자들은 항상 시각을 우선시했지. 진리를 보는voir* 것은 철학의 궁극적인 목적이었어. 그런데 나는 진리를 만지기를 원하네. 바로 오늘, 이 자리에서 나는 촉각이 실재를 앎에 있어서 첫째가는 감각임을 주장하겠네. 만지지 못하면 아는 것이 아니네. 나는 지금 이 순간 맨손으로 종교의 미묘함을 파악한다네. 신학 논문도, 설교도 필요 없지. 돌이 말을 하니까. 나는 점자를 읽듯이 이 대성당의 벽에서 종교를 읽어 낸다네. 나는 3차원적으로 철학을, 이 힘든 학문을 하고 있지."

막스가 다시 질문했다.

"촉각적 전통은 개인에게도 적용됩니까?"

"물론이지! 자네를 대상으로 증명해 봄세. 이리 가까이 오게. 여기 이 의자에 좀 앉아 보게나. 먼저 머리통을 만져 보겠네. 자네는 두개골의 융기 하나하나가 어떤 정신적 능력을 나타낸다는 걸 아나? 그러한 두개골의 지도만 읽을 줄 알면 된다네. 어디 보자…… 오, 이런, 이런, 자네 여기가 완전 우그러들었구먼. 반면에 '철학' 융기는 아주 잘 발달해 있네, 내가 그럴 줄 알았다니까. 그런데 후두골을 이루는 판이 아주 딱 붙었구먼. 누가 이 모양으로 해 놨담? 이보게, 젊은 친구, 아무래도 자네 머리를 열어

---

* '보다(voir)'라는 동사에는 '알다, 이해하다'라는 뜻도 있다.

야겠네. 자네 대가리가 너무 **뻣뻣**하니 아무래도 이 **뼛**조각들을
제대로 배치해 줘야겠어. 괴롭겠지만 한 번은 거쳐야 할 일이야.
목덜미는…… 머리가 척추에 균형을 잡고 잘 올라와 있으려면
목이 꼿꼿해야지. 그렇잖으면 자네는 똑바로 서는 게 불가능할
것이요, '호모 필로소판스homo philosophans'*의 지위도 누리지 못
할걸. 심각할 것 없네. 몇 차례에 걸쳐 손을 보면 모든 것이 다
제자리를 찾을 테니. 그러면 자네는 더 잘 사유할 수 있게 될 걸
세. 오늘은 여기까지만 하지. 일어나도 좋으이."
  막스는 전혀 신뢰가 가지 않았다.

신의 몰락에 대하여

  그들은 대성당 회랑을 걷다가 신심 깊은 길동무 안젤라와 조
우했다. 안젤라는 우아한 사십대 남성과 대화를 나누는 중이었
다. 파격적인 디자인의 검정색 양복을 입은 그 남자는 뉴욕의 '골
든 보이'**와 닮은꼴이었다. 그는 주교좌성당의 참사원이자 임
대 사업부동산 전문가 빅토르 신쿠스였다. 그는 또한 옥토푸스
데이Octopus Dei***의 회원으로, 단춧구멍에 꽂은 금빛 십자가 위

---

 * 철학하는 인간.
** 뉴욕 AT&T 빌딩 앞에 세워진 금빛 동상을 가리킨다.

의 열두 발 문어 모양 배지가 그 사실을 입증하고 있었다.

"독일 교회에는 현금이 필요합니다. 그런데 여기에 근사한 주택을 세울 수 있겠어요. 울름 대성당을 초호화 공동 주택으로 개발해서 매각하는 것은 복음서의 가르침에도 부합합니다."

참사원은 모터사이클을 타는 수녀에게 그렇게 설명하고 있었다.

폴란드어를 중얼거리는 순례자 한 무리가 지나가기를 한참 동안 기다린 후 참사원은 자기를 따라오라며 세 사람을 거대한 떡갈나무 문짝 앞으로 데려갔다. 그 문을 열고 들어가 보니 제의실은 은은한 자줏빛 조명과 감미로운 음악이 흐르는 사교 클럽이 되어 '종교 예술 설비'를 제공하고 있었다.

참사원은 손님들을 푹신한 안락의자에 앉히고 시원한 무알콜 음료를 한 잔씩 돌린 다음 오스카에게 말을 걸었다.

"폰 발타자르 선생님, 선생님의 방문은 하늘의 선물입니다. 저는 선생님의 연구를 익히 알고 감탄해 왔습니다. 수많은 독자들이 그렇듯 저 역시 《환희》 제1권의 출간을 고대하고 있지요. 그리고 선생님께서는 저에게 가르침을 보여 주셔야만 합니다."

그는 바티칸 기의 색상(노란색과 하얀색) 튜닉을 입은 두 명의 부 집사에게 가죽 장정의 커다란 책을 가져오게 했다. 책의 표지

***《다빈치 코드》에도 등장하는 가톨릭 단체 '오푸스 데이(Opus Dei)'를 패러디한 것이다. 실제로 음모론자들은 오푸스 데이가 '문어(Octopus)'라는 단어를 암시한다고 해석하기도 한다.

에는 《성 베고니아의 복음서》라고 쓰여 있었다. 신쿠스가 설명했다.

"판본이 하나뿐인 이 복음서를 혹자들은 '베고니아 코드'라고 부르기도 하지요. '몰락한 신'이라는 개념을 중심으로 하는 외전 복음서입니다. 저로서는 이 개념이 수수께끼입니다. 많은 신학자들에게 자문을 구했지만 그들도 알지 못하더군요. 발타자르 선생님, 선생님께서 우리를 도와주실 수 있을까요?"

오스카는 소스라치게 놀랐다.

"몰락한 신? 그게 바로 지금 내가 하는 연구의 핵심일세!"

철학자는 의자에서 벌떡 일어나 '라운지'에 깔린 자줏빛 카펫 위를 초조한 듯 돌아다녔다. 그는 다시 이데아에 사로잡혔다. 두 눈은 이글이글 빛나고 얼굴의 흉터는 벌겋게 달아올랐다. 그는 신쿠스, 막스, 안젤라 앞에 우뚝 서서 말했다.

"신은 죽지 않았습니다. 신은 지쳤을 뿐입니다. 한때는 그토록 명석하고 빛나던 신이었건만! 이제 우리가 측은지심을 갖고 신을 돌봐야 합니다. 늙고 약해진 신은 이제 하느님 아버지가 아니라 하느님 할아버지죠. 땅에서 인구가 늙음과 같이 하늘에서도 인구는 늙기 때문입니다. 바로 그렇기 때문에 우리는 양로원 노인네들에게 친절을 베풀어야 합니다. 어쩌면 신은 그 노인네들 틈에서 스크램블 게임을 하거나 화질 나쁜 텔레비전을 멍하니 보고 있을지도 모르니까요. 가엾은 신! 신은 서서히 능력을 잃었고, 이제 자신의 전능함을 기억조차 하지 못합니다. 인간들이 신을 잊은 게 아니라 신이 자기 자신을 잊은 겁니다. 정신이 맑은 때는 하루에 고작 두 시간이나 되려나. 신은 몰락했습니다! 이게 현재 유럽인들의 상태에 딱 맞는 포스트모던한 개념 아닌가요. 이 얼간이 신을 나는 오늘 여러분 앞에서 '유일신 테오'라고 명명하겠습니다. 그는 너무나 전지전능했기에 세계를 창조하겠다는 그릇된 생각을 했었더랬지요. 그랬다가 대번에 피조물들의 온갖 불평불만을 바가지로 들어야 했습니다. 신은 불만의 궁극적 주제 아닙니까. 신이 모든 것을 만들었으니 모두가, 모든 것에 대해서 신을 원망할 밖에요. 결론을 내립니다. 유일신 테오는 최고의 얼간이입니다. 증명 끝!"

연설이 끝나자 얼음장처럼 차가운 침묵이 흘렀다.

"철학에 기대를 걸었건만, 선생님께서는 반反교권주의적인 연설만 늘어놓으시네요." 빅토르 신쿠스가 한탄했다.

"천만에!" 오스카가 거세게 반발했다. "내가 말하는 '얼간이'는 절대 욕이 아닙니다. 얼간이인 동시에 천재도 될 수 있으니까요. 예를 들어 당신이 나보고 얼간이라고 한다면 난 이렇게 되물을 겁니다. '어떤 범주에서 얼간이라는 거죠?'라고요."

옥토푸스 데이에 몸담은 참사원은 한숨을 쉬며 자리에서 일어났다.

"따라 오십시오! 여러분 모두 탑을 둘러볼 수 있게 해 드리죠! 기분 전환도 되고 우리가 찾는 것에도 다소나마 가까워질 수 있을 겁니다."

바다에서의 신 존재 증명

꼭대기까지 가는 길은 멀었다. 768개의 계단을 걸어 올라가야 했으니까!

"다리가 좀 아프시겠지만 너무 염려 마세요. 중간쯤에 내 휴게실이 있으니 거기서 쉴 수 있습니다."

참사원은 가벼운 발걸음으로 계단을 오르며 그렇게 말했다.

정말로 333번째 계단까지 올라가자 디지털 도어록이 달린 나무문이 나타났다. 문을 열고 들어서자 사방이 통유리로 되어 있는 작은 응접실이 나왔다.

"어수선하지만 들어오십시오! 나는 여기서 탑 꼭대기에 올라가 하늘에 가까워진 인파를 피해 생각을 정리하곤 합니다." 빅토르 신쿠스가 고백하듯 말했다. "앉아서 파노라마를 감상해 보세요. 날씨가 좋은 날에는 바르샤바까지 보인답니다!"

안젤라와 오스카는 소파에 자리가 마땅치 않아서 흔히 '콩피당confident'이라고 부르는 S자 모양의 안락의자에 앉았다. 이 2인용 의자에 앉으면 서로 얼굴을 마주볼 수밖에 없었다.

안젤라는 '얼간이 신' 개념에 크게 상처를 입었고, 그러한 속내를 감추려 하지 않았다.

"오스카, 저는 당신처럼 공부를 많이 한 사람이 아니에요. 소르본 문턱은 관광객으로서도 넘어 보지 못했죠. 나는 신학도,

교부학도, 교의론도, 해석학도, 귀신학도, 기준론도, 결의론도, 변신론도, 영물학도 공부하지 않았지만, 나는 하느님을 믿습니다. 내가 신앙에 눈을 뜨게 된 경위를 말씀드리죠. 그러니까, 한 10년 전 일입니다. 모터사이클 수녀회의 옷을 입고 정결, 청빈, 순명의 서약을 바치기 전에 저는 바다에서 배를 부리며 먹고살았지요. 그러니까 관광객들에게 요트를 빌려 주고 가이드로서 함께 배를 타고 바다로 나가는 것이 제 일이었습니다. 폴리네시아 유람이 생각나는군요. 그때 우리는 '타르칸'이라는 대형 카타마란 요트를 몰고 보라보라 섬과 마우피티 섬 사이를 오갔어요. 선주는 나하고 친한 마르키스 섬 출신 사람이었는데 이름은 모아나라고 했지요. 날씨도 좋고, 파도도 잔잔하고, 바람도 거칠지 않은 날이었어요. 우리에게는 토론할 수 있는 충분한 시간이 있었습니다. 보라 산을 등지고 바다로 나아가면서 우리의 대화는 신, 신의 존재, 신의 본성, 신의 선의에 대한 것으로 흘러갔지요. 당시 나는 무신론자였기 때문에 기도는 부질없고 예배는 어리석은 짓이며 종교는 유해하다고 신나게 떠들었더랬습니다.

그런데 그때 갑자기 하늘이 어두워지고 바람이 세차게 불어오지 않겠어요. 우리는 어디서 불어오는지도 모를 광풍에 이리저리 휘둘렸지요. 산처럼 높은 파도가 '타르칸' 호를 산산조각 낼 기세로 위협했습니다. 우리는 뼛속까지 공포로 얼어붙었어요. 배에 탄 사람 중에서 그 누구도 감히 입을 열지 못했지요. 철학적 물음 따위는 생각도 안 났어요! 토론, 인용, 논쟁이 끼어들 때가 아니었죠! 그런 상황에서 신참내기들은 항상 최고참을 바라보며 사태의 심각성을 가늠하지요. 물론 나도 다른 사람들과 마찬가지였습니다.

그때 거대한 파도가 우리가 서 있던 홀까지 밀려 들어와 우리를 싹 쓸어 갈 뻔했어요. 그 순간 나는 모아나의 창백한 얼굴에 무시무시한 공포가 스쳐 지나가는 것을 보았죠. 선주이자 베테랑 선원인 모아나조차 무서워하고 있었던 거예요! 더는 참을 수 없었죠, 나의 용기는 바다로 다 날아가 버렸어요. 나는 언제 신의 존재를 반박했었냐는 듯이 나도 모르게 기도를 했어요! 그래요, 기도가 나오더라고요! 성당에 다니던 어린 시절에 배웠던 단어들, 교리 시간에 억지로 외웠던 라틴어 기도문이 막 튀어나오더라고요. 그딴 것은 깨끗이 몰아냈다고 생각했는데 내 깊은 곳에서부터 올라와 저절로 입밖으로 튀어나오는 거예요! 나는 라틴어로 신에게 말하고 있었어요! 할 수만 있었다면 무릎도 꿇었을 거예요. 하지만 배가 너무 심하게 요동쳐서 그럴 수 없었죠. 어쨌거나 그러면서 나는 자신감을 되찾았고 손님들 앞에서 침착한 척할 수 있었답니다. 주기도문을 두 번째 외우고 나자 이 난관을 빠져나갈 수 있다는 확신이 들었죠.

실제로 바람이 가라앉고 폭풍은 잠잠해졌어요. 배에 탄 사람들도 모두 정신을 수습했고요. 나는 유럽으로 돌아온 뒤에 생각해 봤습니다. 누구보다 철저한 무신론자라 해도 죽음에 임박하면 어린 시절 배웠던 기도문과 종교 행위를 기억해 내는데 무신론이 무슨 가치가 있습니까? 무신론은 아무것 아니에요. 무신론도 나름대로 상당한 철학이 있지만 날씨가 좋고 바다가 잔잔할 때에나 통하는 소리죠. 풍력 8까지는 오케이지만 그 이상은 안 통한다고요! 무신론은 여러분처럼 세계와 어느 정도 거리를 둘 수 있는 사람들을 위한 철학이에요. 아스팔트 포장 도로를 소리 없이 달리는 자동차에 편안하게 앉아서 차창 너머 세계를 보거나, 이렇게 통유리 전망대에서 울름과 그 일대를 고즈넉이 굽어 볼 수 있는 사람들 말이에요. 바로 그렇기 때문에 내가 이렇게 말하는 거예요. 목숨이 왔다갔다하지 않을 때는 신앙이 있기가 쉽지 않죠. DS를 타고 달릴 때는 무신론자가 되기 쉬워요! 하지만 내기할까요, 첫 번째 폭풍이 일어나면 여러분도 바로 무릎을 꿇게 될 겁니다."

백상아리

세찬 바람에 탑이 흔들리고 있었다. 그러나 S자형 의자에 편히 앉아 먼 곳을 바라보던 오스카는 이렇게 높은 곳에서도 안정감을 느낄 수 있었다.

"여자의 몸으로 그렇게나 세찬 폭풍을 이겨내다니 운이 좋으셨군요! 수녀님의 이야기가 마음에 듭니다. 하지만 저는 그 이야기를 수녀님의 방식이 아니라 저 나름의 방식으로 이해했습니다. 보라보라 섬과 마우피티 섬 사이에서 수녀님은 신이 아니라 '숭고'를 만나셨던 겁니다. 비통한 오류지요! 수녀님은 그 혹독한 날씨 때문에 유일신 테오에게 기도를 올렸지만 헛다리를 짚으셨네요. 라틴어로 기도를 올려야 하는 그리스도교의 신이 폴리네시아 제도에서 무엇을 할 수 있단 말입니까? 거기도 그 신의 구역입니까? 거기가 그 신의 땅과 바다입니까? 당연히 아니죠! 그 신의 역량은 거기까지 미치지 못합니다. 그렇다면 태평양에서 기도를 올리고 그 성난 파도를 달래려면 어떤 언어를 써야 할까요?"

"내가 믿는 신은 전지전능하십니다. 그분은 땅과 바다와 그 너머까지 다스리시지요."

"어리석음이 우리가 보는 앞에서 압도적이고 대대적인 현실이 되었군요! 성경과 복음서의 신은 바다에까지 미치지 못하니까요. 바다에서 폭풍을 만나면 그 신을 불러 봤자 도움이 안 됩니다. 수녀님이 현실주의자, 실리주의자, 실용주의자라면 응당 그 구역의 신에게 기도를 올렸어야지요. 아나톨리아의 한 마을에서 지갑을 도둑맞았는데 유럽 인권 재판소에 호소해 봤자 뭐하겠습니까. 그럴 때에는 그 마을 촌장을 찾아 가면 해결됩니다. 바다에서도 마찬가지죠. 유일신 테오는 보라보라 섬과 마우피티 섬 구간에서 힘을 쓰지 못해요. 거대한 백상아리신 히로에게 기도를 해야죠. 그 지역 노인네들은 모두 뱃사람과 어부를 보살펴

주는 그 토착신을 잘 안다고요! 만약 수녀님이 탔던 요트가 그리스 바다에 있었다면 포세이돈, 오세아누스, 아이올로스에게 기도를 했어야죠. 양식 있는 철학은 절망에 빠질 때마다 현지의 토착신에게 기도할 것을 권한답니다. 바람과 조수와 해류를 다스릴 수 있는 그 지역의 신에게 청을 올려야 하는 거죠. 게다가 기도로는 부족합니다. 염소를 한 마리 바치겠다든가, 수탉을 한 마리 바치겠다든가 하는 약속도 했었어야죠."

"전 그런 약속을 하지 않고도 무사했는데요."

"누군가 수녀님을 위해 대신해 줬겠지요!"

안젤라가 빙그레 웃었다.

"선생님은 참 재미있는 무신론자네요! 일신교를 거부하고 이교도적인 주장을 펼치다니, 휴대전화 시대에 그런 것도 나름 독창적이군요. 오스카 폰 발타자르, 선생님을 만나서 기뻐요. 하지만 설명해 보세요. 선생님은 신을 믿나요, 믿지 않나요?"

"나는 무신론자도 아니고 신자도 아닙니다! 아니, 차라리 그 둘 다라고 해 두지요. 모든 무신론자는 신의 부재를 믿으니 그 나름대로는 믿음이 있다고 할 수 있을 겁니다. 또한 모든 신자는 다른 신들의 존재를 부정하니 그 나름대로는 신을 믿지 못하는 것이라고 할 수 있지요."

안젤라도 순순히 물러나지 않았다.

"교묘하게 빠져 나가시네요! 그럼 선생님은 신과 어떤 관계인지 말해 보세요."

오스카는 잠시 생각했다.

"신과 내가 함께 머문다면 그건 어디까지나 아이들을 위해서
죠!"

그러고서 오스카는 한숨을 쉬었다.

철학에서의 털

막스의 목울대가 조금 전부터 빠르게 오르락내리락하고 있었
다. 결국 분개한 막스는 다음과 같은 말을 쏟아 냈다.

"개념의 혼동에도 정도가 있는 겁니다! 무신론자 '앤드and' 신
자라니요! 오스카 폰 발타자르 선생님, 모순율*을 깨뜨리다니,
뭐하시는 겁니까! 매사에 다 묻어갈 수는 없는 법입니다. 두 진
영 중에서 하나만 택해야 할 때가 있죠. 무신론자이면서 신자라
니, 밤이면서 낮이라는 말과 뭐가 다릅니까. 진리는 결코 이랬다
저랬다 할 수 없는 겁니다. 우리 철학자들이 있는 이유가 뭡니
까! 상대주의는 통하지 않을 겁니다!"

막스는 여기까지 말하고 너무 심한 말을 했다 싶어 입을 다물
었다. 그는 지금 막 스승에게 더없이 혹독한 말을 퍼부었다. 얼

---

* 동일률, 배중률과 더불어 논리학의 기본 법칙으로서 어떤 명제와 그 명제의 부정이 동시
에 참일 수는 없다(A이면서 동시에 ~A일 수는 없다)는 법칙이다.

마나 힘든 일인가! 자신의 철학 교수에게 훈계를 늘어놓다니, 이 보다 더한 오만의 죄가 있을까! 그렇지만 어떻게 입을 다물고만 있겠는가? 심해도 너무 심했다. 싹싹한 수녀가 바다에 배를 몰고 나갔다가 겪은 일과 그때의 심경을 토로했다고 해도 그렇다. 그 구실로 자신의 근본적인 입장을 팽개치고 싸워 보지도 않고 종교에 영합하다니, 도저히 참을 수가 없었다. 그렇게나 오랜 세월 동안 이론을 파고들었으면서, 그렇게나 먼 길을 달려 왔으면서 고작 미신의 힘 앞에 굴복한단 말인가! 그 논쟁은 워털루 전투, 덩케르크 전투였다! 막스는 남은 에너지를 쥐어 짜내어 스승의 눈을 노려보았다.

"오스카 폰 발타자르 선생님, 이제 당신을 인정하지 않겠습니다! 소르본을 공략하고 몽매를 타파하겠다던 호기로운 투사는 어디로 갔습니까? 진리를 위해 싸우던 남자다운 용맹은 어디로 갔나요? 선생님은 싸우기도 전에 무기를 내려놓았습니다. 이제 선생님은 소신도 없이 개념의 바주카포를 등이나 긁는 효자손이나 절굿공이로 사용하시는군요. 선생님의 미사일 발사대lance-missiles는 미사경본 발사대lance-missels로 변질됐습니다. 하지만 선생님도 나이가 있으시니 어쩌겠습니까. 동맥과 혈액 순환의 문제죠. 뇌에 잘 듣는 비아그라는 없나요? 50대도 무술 연습을 하면서 단련하듯 철학도 단련할 수 없나요? 수학 연구자들이 그렇듯이 철학자들도 그 나이가 되면 뒷방으로 물러나야 할 겁니다. 노는 물을 바꿔 보세요. 일요일마다 노인네들과 원로들을

만나서 철학을 하시면 어떨까요? 그건 아주 훌륭한 여가 활동이
죠. 논평을 하거나 사상사를 공부한다는 게 부끄러운 일은 아
니잖아요. 적당한 때에 물러날 줄도 알아야죠. 과하게 매달리지
마세요. 안 그랬다가는 결국 한물 간 권투 선수 꼬락서니가 되
실 겁니다."

이 말에 안젤라가 박장대소했다.

"이 혈기 좀 보라지! 대단한 독설이군요, 막스! 젊은 사내 아
니랄까 봐, 달려들어 싸우길 좋아하는군요! 배짱도 좋아라! 계
속해 봐요. 나 정말 깜짝 놀랐어요! 오스카 선생님, 어떻게 생각
하세요?"

오스카는 막스가 떠드는 동안 눈썹 하나 까딱하지 않았다.
그는 흡족해하지 않았지만 불만스러워 하지도 않았다. 동의하
지 않았지만 이의를 제기하지도 않았다. 그저 빅토르 신쿠스가
가져다 놓은 찻잔을 가만히 응시하다가 이렇게 말했다.

"내 커피에 털이 빠졌군!"

막스가 발끈했다.

"문제를 피해 가려고 하지 마세요! 유신론입니까, 무신론입니
까?"

오스카는 불쾌하다는 표정으로 커피에 빠진 털을 건져 냈다.

"수염이구먼!"

그리고 난 후에야 막스를 돌아보았다.

"젊은 친구, 재즈 악단에는 너무 빠르게, 너무 세게, 너무 튀게

연주하는 사람이 으레 한 명은 있지. 여자들을 의식하며 연주 기량을 뽐내는 그런 사람이 꼭 있다니까. 철학에도 같은 위험이 있네. 맨 첫째 줄에 앉은 아가씨를 위해 철학을 해서는 안 되네. 과장되게 연주할 필요가 없어. 나로 말하자면 이미 남성적인 철학, 어디에나 털을 흩날리는 철학, 특히 이 찻잔에 털을 빠뜨리는 철학에 확 꽂혔다네! 막스, 이건 다 자네 때문이야! 자네는 용기있는 철학을 간절히 원한 나머지, 수염 난 사상가들의 망령을 깨우고 말았네. 2세기 전부터 자신의 위력을 과시해 온 콧수염과 턱수염의 철학자들, 마르크스, 니체, 프로이트, 바슐라르……그들은 털이 북슬북슬한 철학을 우리에게 넘겨주었어!"

훌륭한 사유에서 태반이 차지하는 중요성

대성당 종탑에서 티타임을 알리는 종이 울렸다. 참사원은 그들에게 잎맥 무늬가 가늘게 얽히고설킨 거무스름한 전병 같이 생긴 마른 과자를 대접했다. 모두들 처음 보는 모양의 과자에서 눈을 떼지 못했다.

잠시 후 안젤라가 외쳤다.

"이건 말린 태반이잖아요! 사람의 태반이요!"

신쿠스는 순순히 인정했다.

"이곳에서만 맛볼 수 있는 특식입니다. 맛이 괜찮을 겁니다."

그러나 세 명의 손님 모두 그 과자에 손도 대지 않았다. 신쿠스가 눈살을 찌푸렸다.

"왜 그렇게들 금기시하십니까? 여러분도 자신들이 태어날 때 나온 태반이 어떻게 됐는지 다들 모르시잖아요. 아마 간호사가 수술실 쓰레기통에 버렸든가, 화장품 연구소 같은 데 팔았을 겁니다. 그러니까 우리의 분신이 그런 취급을 받았다 이겁니다! 왜냐하면 우리는 애초에 둘이었거든요. 어머니의 태내, 그 최초의 살롱에서 우리는 수수께끼의 납작 머리 외계인, 태반이라는 우리의 쌍둥이와 대화를 나누었더랬지요. 그런데 우리는 그를 잊었습니다! 하지만 태반은 그냥 죽지 않아요. 태반은 평생 우리를 충견처럼 따라다니죠. 우리가 태반을 버렸다면 태반은 돌아와서 우리를 괴롭힙니다. 그러니까 세상에 태어날 때에 태반도 보살펴 줘야 해요. 우리가 사는 집 앞이나 나무 아래에 고이 묻어 주든가, 아궁이 귀퉁이에서 잘 말려 줘야죠. 나는 굳게 믿습니다. 태반을 고이 장사 지내지 않으면 사람이 바보가 되어서 생각을 잘 할 수 없다고요."

옥토푸스 데이의 일원은 그렇게 말하고서 태반 전병을 집어 들더니 성호를 긋고 덥석 삼켰다.

무염시태의 수수께끼가 풀리다

막스는 현기증에 지지 않으려고 안간힘을 썼다. 그는 아래쪽에 작은 점처럼 보이는 사람들을 구경하지 않고 저 멀리 들판에서 굽이치는 은빛 리본 같은 다뉴브 강을 바라보았다. 머지않아 그는 자신이 하늘과 땅 사이에 있다는 사실도 잊었다. 또다시 토론을 나누고 싶은 신명에 사로잡혔기 때문이다. 그는 신쿠스에게 말을 걸었다.

"참사원님, 이의 있습니다. 예수께서 마리아의 태내에 있었다면 그에게도 분명히 태반과 탯줄이 있었겠지요. 그렇다면 그 성물들은 어떻게 됐을까요? 그것들은 어디에 묻혔을까요? 그 놀라운 태내의 완충물이 없다면 어떻게 마리아가 예수를 태내에 품었다고 믿을 수 있겠습니까?"

오스카는 자기가 답을 안다는 표시로 손을 들어 보였다.

"막스, 그 답이 바로 '무염시태無染始胎'* 아닌가. 이 말인즉슨, 마리아의 자궁에는 그 태내의 완충물이 없었다는 뜻이지. 태반이 없으니 말린 태반 전병도 없겠지! 배는 여인의 배로되, 피는 없었던 게야! 깨끗하도다! 정결하도다!"

그 자리에 모인 이들은 이 섬광처럼 번득이는 발상에 깊은 인

---

* 원죄 없는 잉태.

상을 받았다. 신쿠스가 감탄하며 이렇게 지적했다.

"정말 참신하고 흥미로운 해석입니다! 저는 좀 더 나아가 보겠습니다, 발타자르 선생님. 억압된 것은 언제나 다시 돌아오는 법입니다. 따라서 마리아의 부정된 태반은 예수 그리스도가 올리브 산에서 제자들에게 '이 빵은 내 몸이니 받아서 먹으라'며 나누어 주었던 밀떡의 형태로 나타났다고 말할 수 있을 겁니다. 교황은 성체가 우리 주님의 태반을 말린 것이라고 공포할 수도 있겠지요. 이로써 기독교의 교리, 정신분석학, 식도락이 삼위일체가 되었습니다. 끝내 주게 포스트모던하지 않습니까? 자매님, 그리고 신사 여러분, 대성당 꼭대기까지 올라오기를 잘했네요. 이 높은 탑에서 함께하는 시간이 우리 모두의 사유에 도움이 될 거라고 짐작은 했었지요. 그래도 햇살 좋은 오후 한때 몇 마디 말로 무염시태의 수수께끼가 풀릴 줄이야. 아, 이건 정말 예상도 못했습니다."

"참사원님의 환대에 비하면 아무것도 아닙니다." 오스카가 자리에서 일어나며 말했다. "자, 막스, 우리는 바이마르까지 가야 하니 이만 가세!"

막스는 아무 대꾸도 하지 않았다. 그는 쌍안경을 들고 이리저리 둘러보며 정비소나 공장, 고압 펌프 특판점이 어디에 있는지 찾았다. 그의 눈길이 닿는 가장 먼 곳까지 살펴보았지만 아무것도 찾을 수 없었다. 막스는 생각했다.

'이게 곧 신은 존재하지 않는다는 증거일까? 신이 존재한다면

이토록 잦은 고장을 어떻게 참아 넘길 수 있단 말인가?'

피렌체 신드롬

그들은 오후 늦게야 바이마르의 어느 언덕 꼭대기에 도착했다. 그곳에는 담쟁이덩굴에 뒤덮인 아기자기한 붉은 벽돌 집 한 채가 서 있었다. 대문 위 합각에는 '니체 문서 보관소Nietzsche-Archiv'라고 새겨져 있었다.

"내 꿈에 나왔던 바로 그 집이네."

오스카의 말을 듣고 안젤라가 설명했다.

"이 유명한 집의 이름은 '빌라 질버블릭Villa Siberblick'입니다. 니체의 추억이 깃든 곳이지요. 니체는 정신병 발작을 일으키고 나서 사람 구실을 못하는 상태로 이 집에서 9년을 살다가 죽었어요. 하지만 식물인간이 되어 버린 천재는 이미 세상에 없는 유명인들과 더불어 대화를 나누었을 겁니다. 보세요, 저 맞은편 언덕에는 괴테 문서 보관소가 있고, 거기서 조금만 더 가면 실러 문서 보관소가 있답니다."

모터사이클회 수녀가 가이드 노릇을 하는 동안 막스와 오스카는 어깨가 처지고 등까지 조금 구부정해졌다. 이 집의 역사와 문화가 공기 중에 무겁게 배어 있기 때문이었다.

오스카는 감격에 젖어 중얼거렸다.

"니체는 내가 아주 좋아하는 얼간이야. 가엾은 프리츠*, 안락의자에 처박혀 사람 얼굴도 못 알아보고 동전이나 세고 또 세다가 일생을 마감하다니. 그는 해야 했던 말을 전부 다 했기 때문에 '풀타임 바보'가 되어 버렸지. 그래서 고작 쉰 살에 영원히 노망이 나 버렸던 거야! 그렇게나 영민했던 사람이! 스물다섯 살에 대학 교수가 된 사람이! 하지만 참 무분별한 사람이기도 했지! 신은 죽었고 자신은 예언자라고 했으니…… 자신을 차라투스트라와 동일시하고 초인을 예고했건만 보통 사람보다 못한 모습으로 세상을 떠나다니."

열변을 토하는 오스카의 얼굴이 점점 벌게졌다. 그러나 얼굴의 흉터만은 점점 하얘졌다. 그러다 갑자기 눈이 뒤집힌 오스카가 의자에 풀썩 주저앉았다.

"나를 보라, 내 인생을 보라, 내 책들을 보라! 인류의 태동 이래로 이보다 더 아름다운 것을 본 적이 있는가? 난 몹시 특별하다!"

오스카의 숨이 점점 더 거칠어지자 그들은 서둘러 구급차를 불렀다. 간호사가 오스카의 맥을 짚어 보고는 잘라 말했다.

"스탕달 신드롬입니다. 박물관, 미술 작품, 교양을 과하게 접하는 경우에 나타나는 증상이죠. 여기선 자주 볼 수 있는 병이

* 니체의 이름 프리드리히의 애칭.

에요. 이 고장에는 위인들의 망령이 너무 많아서 외국인이 패닉 상태에 빠지곤 합니다. 바흐, 괴테, 실러, 헤르더, 리스트, 니체 모두 바이마르에 살았거든요. 많아도 너무 많죠. 여긴 위험한 고장이에요. 현지인들이야 면역력이 있어서 괜찮지만 관광객들은 충격을 받기 십상이고 심약한 사람은 기절해 버리죠. 그런 사람이 매년 20여 명…….”

“그런데 왜 하필 스탕달이죠?” 막스가 물었다.

“스탕달이 피렌체 성당에서 아름다운 작품들을 너무 많이 보고 성당을 나오다가 혼절했다지요. 그런데 이분은 어디서 오셨나요?”

“누가 알겠습니다. 태평양의 어느 산호섬에서. 아니면 티베트의 사원에서, 그것도 아니면 오베르뉴의 숙박업소에서 왔겠죠.”

“저는 이분이 기념관, 박물관, ‘퀴즈쇼’ 따위가 없는 심심한 곳에서 오셨을 것 같군요. 과도한 문화와 정면으로 부딪치기 전에 충분히 준비 운동을 하셨어야죠. 가족들에게 어떻게 알리죠?”

“가족이 없는데요.”

“고용주는요?”

“고용주도 없습니다.”

“자택 수위에게라도 알려야죠.”

“거주지가 없는데요.”

“알겠습니다. 직장 없음, 집 없음, 신 없음, 아내 없음!”

오스카가 간호사의 말을 다시 확인해 주었다.

"하는 일도 없고, 집도 없고, 믿는 신도 없고, 아내도 없소이다. 나는 움직이는 힘이오! 어디로 움직이느냐고? 그건 나도 모르겠소! 이탈리아가 나에게 도움이 될 듯하오! 스위스도 좋고! 겨울에는 로마와 주네브를, 여름에는 그리송으로 갈까나. 가엾은 프리츠처럼 말이오! 이 모든 게 루 안드레아스 살로메 때문이야! 그녀는 무덤에 잠들어서도 나를 압도하는군. 독약 같은 여자! 그 여자가 니체를 죽였소! 나한테 그 증거가 있소."

안젤라가 오스카를 향해 고개를 숙였다.

"진정하세요! 니체는 잊으세요! 우리는 이 도시를 떠날 거예요! 선생님께 미친 파장이 지나치게 강력하군요."

잠자코 있던 막스가 큰소리로 물었다.

"데카르트병을 물리치려고 니체를 끌어들였는데, 니체병은 무엇으로 몰아내죠?"

아무도 그 답을 알지 못했다. 마르크스주의는 다 죽어 가고, 프로이트주의는 부진에 빠졌으며, 구조주의는 파산 신고를 했으니까.

오스카는 엉덩이를 들고 일어나 중요하게 전달할 메시지가 있다는 뜻으로 오른손 검지를 들어 하늘을 가리켰다. 그는 입을 벌렸다가 다시 다물었다. 그리고 다시 들것에 누웠다.

안젤라가 경정맥을 짚어 보고는 단호하게 진단을 내렸다.

"스탕달 신드롬이 아니에요! 우리 친구는 '니체 신드롬'으로 괴로워하는 겁니다."

오스카가 애석하다는 듯이 말했다.

"아예 새로운 병이라면 더 좋을 것을, 발타자르 신드롬이라고 하면 느낌이 또 새로울텐데……."

"섭섭해 하지 마세요. 니체 신드롬도 희귀병이에요. 선생님이 전 세계적으로 두 번째 발병 사례죠."

오스카가 반발했다.

"뭐요! 난 충격을 받긴 했지만 병자는 아니오! 몸은 괴롭지만 정신은 온전하오. '중병을 앓는 동안에도 나는 결코 허약하지 않았다.'《이 사람을 보라》에 나오는 말이지요. 여행자에 대해서 모르는 게 없다는 수녀님, 내가 앓는 병이 도대체 어떤 겁니까? 부디 말씀해 주시지요."

"환자는 자신이 진리를 말할 뿐만 아니라 진리의 화신이라고 믿게 됩니다. 참된 것 안에 거할 뿐만 아니라 자신이 곧 참된 것이라고 믿지요. '나는 진리를 알고 내가 곧 진리다.' 이것이 환자의 모토입니다. 빼어난 천재가 바보로 전락하게 되니 참으로 볼 만하지요. 그러한 변화 과정은 10년이 걸릴 수도 있고 열흘이 걸릴 수도 있습니다. 환자는 자기 생각에 사로잡히고 개념들에 꽁꽁 묶여 결코 풀려나지 못해요. 그는 주장을 펼치며 자기가 그 주장을 지탱한다 생각하지만 실제로는 그 주장이 그를 지탱한답니다."

"그 점은 우리 모두 마찬가지죠!" 막스가 지적했다.

"아닐세, 내가 발병 사례 맞구먼. 안젤라 수녀님이 다 꿰뚫어 보셨네! 개념은 개요, 나는 그 개들에게 물어 뜯겼네. 결국은 잡아먹히고 말겠지." 오스카가 인정했다.

막스가 새로운 제안을 내놓았다.

"파리로 돌아가야겠어요. 제 단골 중에 아주 유명한 정신과 전문의가 있어요."

안젤라 수녀가 반대했다.

"그건 절대로 안 됩니다! 돌아가면 선생님은 죽어요. 오스카 선생님의 스승이었던 소르본의 바보 알렉상드르 선생님처럼 되고 말걸요. 돌아가면 심장병에 걸리고 말 거예요! 달려야 해요, 계속 차를 몰고 가야 해요. 멈추면 안 돼요! 언젠가는 병이 저절로 나을 겁니다."

오스카가 고함을 질렀다.

"수녀님 말이 맞아. 출발하세! 계속 동쪽으로 달려! 차라투스트라가 울고 가게, 머리칼이 휘날리도록!"

독자들이여, 안심하시라. 우리의 철학자는 니체처럼 안락의자에 처박혀 조그만 숟가락으로 떠 주는 음식이나 받아먹다가 죽지 않을 테니까. 솔직히 말하자면 안젤라 수녀의 처방이 결정적이었다. 그녀는 DS를 타고 달리다 보면 오스카의 병이 저절로 치료될 것을 알고 있었다. 대학 졸업장은 없을지언정 안젤라는 대단히 박식했다.

그녀는 파나마모자를 구해서(어떻게 구했는지는 하느님만이 아시리라!) 오스카에게 내밀었다. 오스카가 어찌나 기뻐했는지 얼굴이 달라질 정도였다. 얼마나 근사한 깜짝 선물인가! 게다가 그윽한 에콰도르산 밀짚 냄새를 풍기는 몬테크리스티 브랜드였다. 가장 좋아하는 모자를 잃어버린 뒤부터 계속 위축되었던 오스카는 하얀 새 모자를 쓰자마자 새 삶을 얻은 듯 행복해짐을 느꼈다.

"내 두개골의 조각을 모으기 위해 필요했던 게 바로 이거였군요. 이제 조각들이 제자리를 찾았으니 내 머리가 터질 위험은 없습니다. 통일 독일처럼 나 자신도 통일되고 프랑스처럼 중심이 잘 잡히는 기분이 듭니다. 여러분, 가고 싶은 대로 가도 좋습니다! 난 이제 잠시 할 일이 있어서요."

오스카는 벌떡 일어나 기민한 발걸음으로 빌라 질버블릭 이층으로 올라갔다. 막스 드 쿨이 말했다.

"이제 좋아지셨네요."

그러자 안젤라가 말했다.

"난 그렇게 생각하지 않아요. 선생님을 따라갑시다."

니체와 그의 타자기

두 사람이 올라가 보니 오스카는 니체 문서 보관소 관리자와 한창 이야기를 나누고 있었다. 오스카는 1880년대 한센Hansen

브랜드에서 만든 아주 오래되고 희한하게 생긴 타자기를 사고 싶다고 문의하는 중이었다. 그 타자기는 유리장 속에서 빛을 발하고 있었다. 반구半球 형태의 타자기에는 흡사 커다란 꽃양배추에 정향丁香이 박혀 있는 것처럼 보였지만 실상 덴마크의 타자기 제작자는 52개의 자판들을 못 박듯 박아 놓았다. 팻말에는 이렇게 적혀 있었다. "이 한센 라이팅 볼Hansen Writing Ball은 니체의 소유였다." 그러나 니체는 그 타자기를 전혀 사용하지 않았다. 코펜하겐에서 보낸 타자기가 배송 중에 손상되었기 때문이다.

"이건 파는 물건이 아닙니다."

무슨 수를 써서라도 갖겠다는 오스카를 상대로 관리자는 참을성 있게 설명했다.

막스는 스승님을 설득하려고 끼어들었다.

"오스카 선생님, 왜 이 골동품을 사려고 하십니까? 니체처럼 글을 쓰시려고요? 정말로 타자기가 사유와 양식을 만든다고 생각하시는 겁니까? 게다가 니체가 실제로 사용했던 타자기도 아니잖아요."

오스카가 변명했다.

"저놈으로 《차라투스트라는 이렇게 말했다》를 쳐 보고 싶어서 그래. 아주 폼이 날걸. 우리는 아주 많은 것을 이해하게 될 걸세."

"하지만 파는 물건이 아니라잖아요! 그만 가요!"

"진정하게, 젊은이. 택시 미터기가 돌아가는 것도 아닌데 내가 시간을 지체한들 어떤가. 설명하고 싶은 것이 있네. 자네에게, 이 자리에 있는 모든 방문객들에게. 우리 친구 프리츠를 진심으로 사랑하는 신사 숙녀 여러분에게 말일세. 니체가 이 타자기를 구입한 이유는 그가 전위적인 인물이라서가 아니라 눈이 거의 안 보였기 때문이라네. 니체는 시력이 몹시 약해서 고생을 했어. 종이에 얼굴을 바짝 들이밀어야만 겨우 글을 읽거나 쓸 수 있었지."

막스는 오스카의 말에 수긍하지 않았다.

"그런 생각은 한 번도 안 해 봤는데요."

관리자는 오스카의 말을 인정했다.

"니체가 교정렌즈 대신에 망원경을 들고 있는 사진 못 보셨습니까? 니체는 요즘 말로 '약시'였던 겁니다."

한 여자 방문객이 질문했다.

"그게 이 타자기와 무슨 상관이 있나요?"

"왜냐하면 이 타자기는 한센 목사님께서 맹인들을 위해 발명한 거거든요! 타자를 칠 때에는 이 희한한 반구 아래로 미끄러져 지나가는 하얀 종이를 굳이 들여다볼 필요가 없습니다. 타자를 익히면 눈을 감고도 칠 수 있고, 이 자판은 글자도 아주 크니까요. 니체는 바로 그 점에 관심을 두었지요. 펜으로 글을 쓸 때는 자기 글을 읽거나 다시 검토하기가 어려웠거든요. 그래서 그의 육필 원고는 친구 페테르 가스트Peter Gast밖에 알아보지 못했죠. 니체의 육필 원고를 정서할 수 있는 사람은 세상에 오직 그 친구뿐이었어요."

"참으로 탁월한 설명이군요. 지금까지 니체 전문가 중에서 그런 설명을 내놓은 사람은 아무도 없었는데요."

"제가 왕년에 한 가닥 했었다고 말해 두죠. 안 그런가, 정신병동 간호사 양반?"

막스는 오스카의 설명을 믿지 않았다.

"니체가 눈이 멀었다고요? 그 말은 믿기 어려운데요. 저 사진들을 보세요! 안경을 벗은 사진에서는 눈이 얼마나 예쁜가요!"

오스카가 껄껄 웃음을 터뜨렸다.

"저 사진들은 니체가 안락의자에 처박혀 식물인간이나 다름없이 지내던 시절에 찍은 거야. 저 멍한 눈은 사람 얼굴도 알아보지 못했다고. 사진의 기적이지! 노망난 얼굴조차 뭔가 있어 보이게 만들다니. 모든 희망은 가능하네! 나한테도 장래성이 있어. 나도 가끔 눈이 따끔거리고 뻐근하거든. 나도 얼른 읽고 쓸 수 없게 되어 책들과 글쓰기에 안녕을 고하게 될 날을 고대한다네. 아예 말도 못하게 됐으면 좋겠어. 나는 촉각적 전통의 철학자가 될 거야. 어쨌거나 '책에서 자신이 이미 아는 것 이상을 끌어낼 수 있는 사람은 없다네.'(정확한 인용은 다음과 같다. "사실 그 누구도 책을 포함한 사물에서 자신이 아는 것 이상을 끌어낼 수는 없다."—《이 사람을 보라》 중에서) 나는 나의 사유를 바람결에 내던질 것이요, 민첩한 비서를 두어 그 사유를 따라잡게 할 거라네. 예를 들면 막스 자네가 개념 잡는 그물을 들고 들판을 뛰어다닐 수 있겠지. 자네가 내게 페테르 가스트 같은 역할을 해줄 수 있을 거야! 하지만 일단은 여기까지만! 여기 관리자님께서 니체의 타자기는 파는 물건이 아니라고 하니 나도 더는 조르지 않겠네. 우리는 다시 차를 타고 요기할 곳을 찾아 보세. 니체적인 정서에 흠뻑 젖었더니 몹시 허기가 지는구먼."

날씨 이야기를 해야만 할까

　　예나 남쪽 E40 고속도로, 그들은 새로 문을 연 고속도로 휴게소 '게오르크 빌헬름 헤겔'에서 그곳만의 특별 메뉴를 주문했다. '프리카델렌Frikadellen'이라는 이름의 그 요리는 작은 햄버그 스테이크와 비슷했다. 커피를 마시며 그들은 아무 말도 하지 않았다. 세 사람 모두 도로변 휴게소에 잠자코 앉아 통유리창 너머로 차들이 지나가는 모습을 구경했다. 특이한 자동차, 소형 트럭, 견인차, 시외버스, 캠핑카, 사이드카가 있는, 혹은 없는 여러 가지 오토바이 등이 저마다 중요한 일, 하지 않으면 안 될 일을 향해 달려가고 있었다. 흡사 피곤에 찌든 영양 떼가 언제 사망 사고로 치달을지도 모른 채 서로 바쁘게 스쳐 지나는 꼴이었다!

　　하지만 그들의 시선은 다른 곳에, 고속도로 너머 수수께끼의 한 지점에 쏠려 있었다. 그곳은 지복至福의 바다와 면해 있는 항구, 그들의 사유가 폭주를 멈추고 마침내 DS가 안도의 한숨을 내쉬며 '주차' 상태로 들어갈 수 있는 종점이었다.

맨 먼저 그 잔잔한 침묵을 깨뜨린 사람은 안젤라였다.

"그래도 참 좋은 늦가을이네요!"

그리고 이어진 오스카의 대답에 막스는 어이 없는 표정이 되었다.

"그래요, 하지만 공기는 선선합니다!"

"아침 하늘이 붉으면 슬픔이 있고……."

"저녁 하늘이 붉으면 희망이 있다."

그렇게 주거니 받거니 하고 있는 안젤라와 오스카를 지켜보던 막스가 참다못해 입을 열었다.

"파리를 떠나오면서 우리 진부한 대화는 피하기로 했잖아요!"

"물론 자네와 나 사이의 대화는 그렇지. 우리 철학자들이야 원래 별종 아닌가. 하지만 타인과의 교류에 있어서까지 그래서야 쓰나. 사회를 이루고 살려면 그 정도 대가는 치러야지."

택시 운전사 청년이 냅다 소리를 질렀다.

"저는 절 붙잡고 날씨가 어쩌고저쩌고 하는 사람들이 싫습니다! 손님이 날씨 얘기를 하면 전 슬쩍 다른 소리를 하거나 아무 대꾸도 하지 않죠. 그래도 손님이 자꾸 날씨를 화제로 올리면 그 자리에서 당장 내리라고 해요. 러시아워에 파리 외곽순환도로를 지나는 중이라고 해도 용서할 수 없어요. 저한테는 생사가 달린 문제입니다. 무방비 상태의 대화 때문에 치매에 걸리긴 싫다고요! 멍청한 것도 전염된단 말입니다!"

"자네가 틀렸네. 사회에서 살아 가려면 약간 멍청할 줄도 알아야 한다네. 알맹이 없는 말이 있기 때문에 명석한 말이 돋보이지. 이를테면 전화 통화를 할 때에도 심도 깊고 지적인 얘기를 나누기 전에 '여보세요?' 같은 말을 해야 하지 않나. 그렇게 아무 의미도 없지만 빠져서는 안 될 말이 있다네. 날씨 얘기도 마찬가지야. 접선에 들어가는 하나의 방식이랄까."

"선생님은 아무하고든 안면 좀 텄다 싶으면 아무거나 막 받아들이시는군요."

"자네는 중요한 기본을 깨우치지 못했구먼. 날씨 얘기야말로 서로 적당한 거리를 지킬 수 있게 해주는 수법이라네. 함께 있으되 서로 섞이지 않는 비법이지. 어리석고 공허한 얘기의 장점이 그런 거야. 우리들의 천재 얼간이 니체에게로 돌아가 볼까? 내가 확실한 출처에서 들은 바로는, 니체도 하숙집이나 공동 식당에서 결코 외톨이로만 지내지는 않았다는군. 니체도 사람들과 함께 식사하는 자리에서는 비가 온다는 둥, 날씨가 좋다는 둥, 에델바이스를 땄다는 둥 기꺼이 그런 소리를 했다는 거야."

"니체는 교육을 잘 받은 독일인이었으니까요! 저는 모름지기 할 말이 있을 때에만 말을 해야 한다는 주장을 지지합니다."

그러자 안젤라가 외치듯 말했다.

"하지만 막스가 농부라면 분명히 날씨 이야기를 할 수밖에 없을걸요. 밭일에 있어서 날씨만큼 중요한 주제는 없으니까."

"수녀님, 그건 잘못된 예시입니다. 저는 촌사람들이나 그들이 말하는 방식이 답답하다 못해 끔찍합니다. 그 사람들은 알맹이 없는 말하기와 삼천포로 빠지기의 선수죠. 본론으로 들어가기 전에만 몇 시간을 쓰잘머리 없는 말로 잡아먹는다고요."

"그건 일종의 예의예요!"

"도시에서도 모두들 으레 날씨 얘기를 해야 한다고 생각하죠. 비옷이나 우산을 챙겨야 하는지 확인한답시고 그렇게나 소란을 피워야 하는지! 저는 에피쿠로스를 흉내 내어 이렇게 말하렵니다. '현자는 날씨에 연연치 않는다'라고요."

오스카가 끼어들었다.

"나는 동의할 수 없네. 현자는 문명의 미지근한 물에 들어가기를 두려워하지 않지. 자네가 지적인 대화를 원한다면 우선 자네와 같은 시민, 자네의 동포, 동시대를 사는 사람들, 이웃, 친척, 조력자들과 동일한 어리석음, 동일한 기본적 우매함을 나누어야 하네. 우리 모두가 공존 가능한 어리석음에 입각해 있어야 하지. 예를 들어 태양과 하늘이 똑같이 파랗다고 한다면 그것은 우리가 더불어 대화를 나눌 수 있게 하는 무지몽매한 가정이니 나쁜 징후는 아닐세. 일기예보를 못 참겠는가? 그들은 자네가 이해하지 못하는 얘기를 많이 하지. 우리가 그 무엇에도 합의를 보지 못한다 해도 최소한 날씨에 대해서만큼은 같은 판단을 내려야 하지 않나. 우리는 같은 땅에 살고 있네. 일기예보에서 제일 중요한 것은 지도와 방위 표시야. 지도에서 오른쪽에 있느냐

왼쪽에 있느냐에 따라서 자신이 동쪽에 있는지 서쪽에 있는지 판단하지. 그것만으로도 이미 가치 있는 일 아닌가! 화창한 날에 비오는 날에 대해 얘기하는 것은 우리가 비록 악천후 속에서도 같은 땅 조각, 같은 하늘 아래서 같은 기압을 느끼며 살아간다는 확인이라네. '궂은 것'은 국경 밖으로 밀어 내야 하거든. 나쁜 기후는 언제나 바깥에서, 외국에서 오지. 반대로 좋은 날씨는 우리 탓이니 당연히 우리가 즐겨야지. 우리는 우리가 제일 잘났거든. 그래서 프랑스인이 단연 뛰어나다느니, 독일인이 탁월하다느니 하는 말이 나오는 거라네. 신이나 악마를 믿지 않는다 해도 최소한 아소르스 제도*의 고기압과 아일랜드의 저기압은 믿는 거야. 그러니 시시때때로 날씨 이야기도 해야지. '잘 지내요?'라고 으레 던지는 물음처럼 필수불가결한 거라네."

"잘 지내요?"라는 질문에 대꾸해야만 할까?

막스 드 쿨이 항의했다.

"아! 싫습니다! 선생님만은 그런 말씀하지 마세요! '잘 지내요?'라니요, 그래서 뭘 어쩌라고요? 아주 바닥까지 가는군요! 대

---

* 포르투갈령의 해외 섬.

화의 영도(0°)라고 해야 하나, 저는 그런 질문 던지는 사람들을 싫어합니다. 제가 제일 불쾌해 하는 질문, 영혼을 더럽히는 오점 이죠. '잘 지내요?' 전 항상 '아뇨! 못 지낼 겁니다!'라고 대답합 니다. 그러면 사람들이 놀라서 더 성가시게 하진 않거든요. 다른 사람이 잘 지내거나 말거나 관심도 없으면서, 그렇게 물어봐 놓고 대답에는 귀도 기울이지 않는다니까요. 그러니 당연히 '잘 지냅니다'라고 대답할 수밖에 없잖아요. 심지어 온몸에 링거와 호스를 주렁주렁 꽂고 누워서 이제 죽을까 저제 죽을까 하는 와 중에도, 아니면 단두대나 전기의자로 가기 일보 직전에도 '잘 지 내십니까?'라고 물어보는 머저리가 꼭 있다니까요. 그러면 죽음 을 앞두고도 예의상 '그럭저럭요'라는 대답을 해야 하는 겁니다. 바보 같은 질문에 바보 같은 대답밖에 더 나오겠습니까. 모두 들 아무렇게나 대답하죠. 게다가 잘 지낸다는 대답을 한다 해 도 그게 진실인지 아닌지 어떻게 아나요? 선생님은 '끝내 주게 잘 지내죠!'라고 대답하지만 그 순간에도 선생님 몸속에서 암세포 가 자라고 있을지 모르죠. 사람들은 진심이 아닌 질문에 대답하 는 척만 하고 있어요. 그 안에 사실과 진심이 어디 있습니까? '잘 지냅니다'라고 대답하는 사람들은 아무 생각이 없거나 거짓말쟁 이죠. '못 지냅니다'라고 대답하는 사람들은 건강 염려증 환자들 이고요. 이딴 대답을 하면서 어찌 감히 '참'을 사랑한다 하겠습 니까? 그 차이로 우리는 진정한 철학자를 알아볼 수 있을 겁니 다. 진정한 철학자는 결코 '잘 지내십니까?' 같은 질문을 하지 않을 거라고요."

"막스, 그 무슨 과격한 주장인가요! 당신이 10년간 혼자 택시를 몰 수밖에 없었던 이유가 납득이 가는군요." 안젤라가 탄식했다.

"수녀님 말씀이 맞네, 젊은 친구. 사람이 혼자 있으면 우울해지지. 자네는 어리석은 질문이야말로 상대를 가늠하는 테스트라는 것을 이해하지 못하고 있어. 예를 들어 자네는 아프리카에서 밥벌이를 해 본 적이 없겠지. 그곳에서는 '잘 지내?'라는 질문에 여러 가지 요소가 덧붙여질 수 있어. '가족들은 잘 지내? 건강은 괜찮아? 일은 잘 풀려?'라는 식으로 말이야. 유럽인은 조바심에 찌들어 그러한 물음이 신원 조회에 해당한다는 것을 미처 생각 못하지. 왜냐하면 사람의 겉모습 아래에는 신이 숨었을 수도 있고 못된 심보로 똘똘 뭉친 악마가 숨었을 수도 있거든. 그들의 가면을 벗겨야 해. 이 셔츠, 모자, 머리칼 아래의 진짜 자네는 누구인가? '잘 지내?' 같은 질문이 그 정체를 가늠하는 탐지기가 되지."

막스는 오스카의 말이 마음에 와 닿지 않아 조바심이 났다. 그의 목울대가 점점 더 빠르게 오르락내리락했다.

"차에 오르시죠. 달리는 동안에 좋은 생각이 날 겁니다. 우리는 늘 DS 안에서 머리가 잘 돌아가잖아요. 드레스덴 방향으로 가겠습니다. 그곳에 산다는 DS 수집가의 주소를 알거든요. 그 사람이 내 차 좌측 스피어의 나일론 막을 갈아줄 수 있을 겁니다. 그러면 한결 나아질 거예요!"

"자네가 한결 나아질 거라고 생각한다면 그 말이 맞겠지." 오스카가 결론짓듯 말했다.

오스카의 마흔 가지 얼굴

드레스덴에 사는 DS 수집가는 없었다. 그러나 오스카는 아무래도 좋았다. 그 도시에서 아르투어 쇼펜하우어가 1814년부터 1818년까지 4년간 살았던 집을 방문하는 것 외에 오스카가 바라는 건 아무것도 없었으니까. 그로스 마이센슈 가세 35번지의 그 집은 슈바르츠 토르Swartze Tor에서 그리 멀지 않았지만 폐관 시각에서 한 시간이나 지났기에 문은 굳게 닫혀 있었다. 오스카는 쇼펜하우어가 전용 좌석을 갖고 있었다는 이탈리아 식당 차포네로 행선지를 바꾸었다. 그 식당에서는 살라미 한 접시를 앞에 두고 휘스트 게임이 벌어지는가 하면 '리더크라이스Liederkreis'라는 해학적 가요 작가들과 풍자 문인들의 모임이 열리곤 했단다. 하지만 안타깝게도 드레스덴에는 그 식당이 어디에 있는지 아는 사람이 아무도 없었다. 그래서 그들은 그냥 아무 피자 가게에나 들어가야 했다.

밤을 보낼 숙소를 찾던 그들은 길 한쪽에서 깜박깜박 불이 들어오는 차들과 정신없이 분주한 제복 입은 사내들을 보고는 차를 세웠다. 그들 중 하나가 택시로 다가왔고 이유를 물으니 테러리스트를 추적하는 중이라는 답이 돌아왔다. 막스는 야광 곤봉의 지시에 따라 갓길에 택시를 세웠다. 단속 경관은 막스와 안젤라의 얼굴이 신분증에 붙어 있는 사진과 일치하는지 확인했다. 문제는 오스카였다. 경관모와 눈썹 아래 두 눈이 발타자르의 사진과 얼굴을 번갈아 쏘아보았다. 사진과 얼굴은 달라도 한참 달랐다. 그리하여 용의자는 흰색과 초록색의 오픈카로 옮겨 탄 뒤 신원 조회를 하게 되었다.

막스는 불안해서 어쩔 줄 몰라 하는 안젤라에게 당연히 있을 수 있는 일이라고 설명했다.

"경찰은 사진과 실제 인물이 완벽하게 일치하길 바라죠. 하지만 지금까지 봐서 아시다시피 오스카 폰 발타자르의 얼굴은 꾸준히 변해 왔어요. 그러니 신분증을 확인할 때마다 문제가 발생하는 것도 당연하죠."

"그건 그래요. 오스카 선생님이 자기 의사를 표현할 때면 마흔 명의 사람들이 차례로 등장하죠. 마흔 명의 얘기를 듣는 기분이랍니다."

"수녀님, 솔직히 오스카 선생님이 성 삼위일체보다 더 심하다는 걸 인정하시죠? 어떻게 마흔 명의 사람이 '일체'가 된단 말입니까?"

"그래서 무서울 정도죠. 내가 10년간 도로와 고속도로를 누비며 영적 지원 사업에 임했지만 오스카 선생님 같은 분은 처음 봐요. 솔직히 말해 저분의 정신 건강이 크게 염려돼요. 우리가 함께 여행을 시작한 뒤로 상태가 점점 나빠지기만 하잖아요. 우리의 친구가 수척해져 가네요. 어디 얼굴뿐인가요? 저분, 목소리도 계속 변하는 거 알죠? 저분의 목소리도 하나가 아니에요. 지하 왕국과 천상에서 들려오는 여러 가지 목소리들이죠. 때로는 울부짖는 악마에 씌인 것처럼 저음부로 깊이 내려가고, 때로는 대천사라도 된 것처럼 새된 고음이 튀어나오죠. 여러 웅변가들이 한입으로 말하는 것 같아요. 고정되고 안착된 것은 아무것도 없죠. 오스카 선생님의 모든 것이 움직이고 변화해요."

"골치 아프네요. 저도 수녀님 말씀에 동의해요. 그래도 저는 선생님 걱정은 하지 않아요. 보이지 않는 강력한 끈이 선생님의 아바타들을 한데 이어 주고 있어요. 모든 개인은 '일체'이지만 선생님은 그 누구보다도 '일체'이시죠. 선생님은 완전히 자기 자신과 일치하고 있어요."

"신께서 당신 말을 들어주시기를! 하지만 난 무서워요. 머지 않아 저분 얼굴에 변덕스러운 하늘이 비칠 것만 같아서요."

우리가 쓰는 가면들에 대하여

불안감으로 두 사람의 목구멍이 바짝바짝 마를 때쯤 오스카가 가벼운 발걸음으로 돌아왔다. 입가에는 흡족한 미소를 띠고 있었다.

"하늘이 보우하사 마침 수준 있는 순찰대를 만났구먼! 우리가 괜히 독일에 있는 게 아니야. 경찰들마저 하이데거를 줄줄 인용할 줄이야! 독일 경찰에게 '오른쪽으로 가야 하나요, 왼쪽으로 가야 하나요'하고 물으면 그들은 대개 이렇게 대답하지. '어느 곳으로도 이르지 않는 길로 가야 합니다.' 오늘 이 엘리트 사내들은 증명사진이란 운동 상태에 있는 한 인간의 특정 순간밖에 포착하지 못한다는 나의 생각에 동의해 주었네. 우리는 함께 이 전제에서 출발하여 '나'의 항구성과 얼굴의 영속성에 대해서 토론했지. 메이어 경장이 지적했듯 사진이 한 사람의 실재를 반영하는지는 확실하지 않네. 슈미트라는 신참은 메이어 경장에게 그 반대의 경우도 있을 수 있다고 말했지. 사진은 그 사람의 본질을 잘 담아냈지만 신분증을 확인하는 그 순간 당사자가 정신이 딴 데 팔렸다든가 해서 그 얼굴이 나오지 않는 경우 말일세. 경찰과 철학자가 공통의 관심사를 갖게 되었으니 함께 고민하면 득이 되겠지. 서장이 나보고 말을 해 보라기에 나는 영속적인 얼굴을 파악하는 법은 배울 수 있다고 했네. 자기 안에서 복작

대며 주연 자리를 꿰차고 싶어 하는 수많은 인물들 중에서 캐스팅을 하려면 시간이 필요하지. 얼굴, 인간상, 목소리, 미소, 눈썹이 꿈틀대는 모양새를 정하려면 시간이 걸린다네. 셔츠를 갈아입듯 얼굴을 막 바꿔서는 안 돼. 오늘날에는 흠잡을 데 없고 바람직한 어른이 되려면 감정을 숨기고 돌처럼 굳은 얼굴을 해야지. 어떤 것에도 흔들리지 않는 가면을 써야 하는 거야. 요컨대, 매순간 증명사진을 찍는 것처럼. 유럽인들이여, 아시아인들처럼 속을 알 수 없는 얼굴을 갖기 위해 좀 더 노력하시오!

내 첫 번째 아내는 아프리카 반투족 여자였네. 우리 관계가 이어지는 동안 나는 그녀를 바라보면서 늘 여러 명의 아내를 두고 있다는 착각에 빠졌지. 하루에도 수십번 얼굴이 바뀌는 여자였거든. 그건 참 신나면서도 불안한 기분이지. 그런 종류의 얼굴은 움직이는 땅 같아서 무엇에 의지하고 버텨야 할지 알 수 없다네. 결국 내 아내는 어떤 여자였을까? 지금도 전혀 모르겠단 말이야. 그녀는 이름만 네 개였지. 주위 사람들은 하루에도 몇 번씩 아내를 다른 이름으로 부르곤 했는데 도대체 그 이름을 선택하는 기준이 뭔지 나는 도통 모르겠더라고. 자네가 나한테 마흔 개의 얼굴이 있다고 하는데 그렇다면 나도 내 아내처럼 반투족이 되어 버린 모양이네. 나는 나중에 유럽 여자와 다시 결혼했네. 그 여자에겐 얼굴이 하나뿐이었기 때문에 나는 금세 지겨워졌지. 그녀가 얼굴을 바꾸는 유일한 방법은 화장뿐이었어. 하지만 그렇게 화장을 하려면 시간이 아주 많이 걸렸기 때문에 난 더욱더 지겨워졌지."

안젤라는 모터사이클 핸들에 헬멧을 걸며 말했다.

"내 첫 번째 남편은 두 얼굴의 사나이였죠. 왼쪽 얼굴은 슬퍼 보이고 오른쪽 얼굴은 활기차 보였어요. 그는 반투족은 아니었지만 발도파*였죠. 그 사람은 결국 미쳐서 죽었어요."

의기양양한 오스카 폰 발타자르는 자기 추론에 사로잡혀 계속 수다를 떨었다.

"내 말에 열렬하게 공감하며 귀를 기울여 준 저 경찰들에게 다음과 같은 예시를 들며 결론을 내려 줬지. 취업 면접 자리에서 고용주는 지원자를 잘 파악할 필요가 있네. 그는 믿음직한 얼굴, 탄탄한 조건, 건실한 인상을 주는 목소리를 원할 거야. 그 모든 것이 일체된 한 인간을 원할 거라고. 그러니까 일자리를 구할 때에는 반투족 여인보다는 유럽인 남자가 낫지. 나의 짧은 즉흥 강의가 경찰관들에게 엄청난 감명을 주었다는 사실은 굳이 감추지 않겠네."

"하지만 조금 전에 신분증 검사를 하던 경찰관은 선생님을 보고 동요했잖아요."

"그 바보 같은 젊은이는 내 무릎을 부여안고 사과를 했다네! 그래, 그때 내가 잠깐 정신이 딴 데 가 있었던 건 사실이지. 왜냐고? 아직 그 이유를 밝히기엔 일러. 어떤 진리들을 가늠하려면

---

* 12세기에 페트뤼스 발데스(Petrus Valdes)가 창시한 엄격한 성서 중심의 기독교 분파.

아주 예민한 청각이 필요하거든. 나는 때를 잘못 타고 난 사상가야. 나는 한 세기 뒤에야 비로소 인정받고 이해될걸."

"하지만 시시각각 얼굴이 변하는 사람을 어떻게 사랑할 수 있나요?" 안젤라가 물었다.

"현자는 영원의 이미지를 보이는 자로다."

그들의 등 뒤에서 어떤 목소리가 말했다.

세 사람은 얼른 뒤를 돌아보았다. 피부색이 검은 거인이 미소를 짓고 있었다. 아프리카 특산품을 파는 그 흑인의 이름은 라민이었다.

육감적인 허리의 흑인 성모

라민은 커다란 스포츠 가방에서 작은 조각상, 가죽 제품, 장신구 따위를 꺼내어 보도에 늘어놓았다. 물건들이 썩 괜찮아 보였기에 막스는 블랑딘에게 주려고 팔찌를 하나 샀다. 그리고 안젤라 수녀에게도 오팔이 박힌 십자가 펜던트를 선물했다. 오스카는 마호가니를 깎아 만든 흰색과 빨간색 유니폼의 작은 축구선수 조각상에만 눈길을 주었다.

"이 신은 누구요?" 철학자가 물었다.

"이마누엘 올리사데베입니다."

"이걸 사겠소!"

"안 됩니다. 이 물신物神은 딱 하나뿐이라서 선생님이 여러 가지로 힘들어질 수 있습니다. 이를테면 여러분의 DS에 골치 아픈 고장이 날지도 몰라요. 그건 선생님께도, 저에게도 유감스러울 일이죠. 솔직히 말씀드리면, 저는 여러분 차를 얻어 타고 폴란드 국경까지 갈 생각이거든요."

"우리는 잠이 부족하오. 우리는 밤에 배회하다가 불에 타 버리고 말지요. (In girum imus nocte et consumimur igni, 이 라틴어 문장은 거꾸로 읽어도 동일한 문장이 되는 회문回文으로서 기 드보르Guy Debord 감독의 영화 제목으로도 쓰였다) 하지만 당신에게 도움이 될 수 있다면 영광이오."

그들은 뒷좌석에 라민의 자리를 마련해 주고 폴란드를 향해 달렸다.

가는 길에 오스카가 흑인 노점상에게 물었다.

"그런데 이마누엘 올리사베데가 누구요?"

"세상에! 어머나, 이런 일도 있네요! 이마누엘 올리사데베를 모르십니까? 2000년대 폴란드 최고의 축구 선수라고요! 원래 나이지리아 태생이지만 그의 재능을 알아본 폴란드인들이 몇 주 만에 귀화를 시켰지요. 폴란드 여자랑 결혼하고, 폴란드어를 배우고, 폴란드를 구해 냈지요. 그가 있었기 때문에 폴란드 국가 대표팀은 2002년 월드컵에서 두각을 나타낼 수 있었어요. 게다가 이마누엘 올리사데베는 저와 친척뻘이랍니다. 폴란드를 구한 흑인이라면 자신의 성소, 성상, 성지를 가질 만도 하잖아요? 저는 그러한 계획을 실현하고자 투쟁하고 있습니다. 혹시 선생님도 기부를 조금 해주신다면 앞날에 신의 축복과 은총이 넘칠 겁니다. 액수는 원하는 만큼 하셔도 됩니다."

막스가 놀라서 물었다.

"백인 기독교 색채가 강한 폴란드에 아프리카 성소를 마련한다고요?"

"폴란드는 이미 쳉스토호바의 흑인 성모를 섬기고 있지요. 내 사촌 이마누엘이라고 왜 안 되겠습니까?"

오스카가 펄쩍 뛰었다.

"이보쇼! 교황 요한 바오로 2세가 그토록 애착을 품고 섬겼던 쳉스토호바의 성모가 확실히 얼굴이 검긴 하지만 흑인이라고 할 수는 없잖소!"

"그럼 그 피부색을 어떻게 설명하시겠습니까?"

"성화에 세월의 흔적이 남아서 그렇게 됐겠지요. 아니면 화가가 재미있게 표현을……."

라민은 어깨를 구부려 신경질적으로 재떨이 덮개를 만지작거렸고, 결국 폭발했다.

"거짓부렁이야! 서양인들의 선전 공작이지! 유럽에 있는 검은 성모들에 대해서는 늘 이런 식이지. 정말 별의별 소리를 다 한다니까. 심지어 신도들이 바치는 촛불의 그을음 때문에 색이 변한 거라는 말까지. 하지만 그렇다면 어째서 눈의 흰자위나 옷의 하얀 부분은 그대로인데 얼굴과 팔만 검은 색인지 설명을 해보시죠. 촛불의 그을음이 그 부분만 선택해서 모이기라도 했단 말입니까? 유럽인들로서는 받아들이기 힘들겠지만 진실은 이겁니다. 쳉스토호바의 성모를 위시하여 모든 검은 성모들은 흑인종이 맞습니다. 포르투네와 드니즈의 아들, 나 라민이 흑인인 것처럼 그 성모들도 흑인이라고요. 검은 성모들은 이시스, 아스타르테, 타니트 같은 아프리카 대륙에서 유래한 고대 여신들의 자매요, 사촌입니다. 그 여신들의 후손이 아프리카를 떠나 유럽으로 가야 했던 게지요. 그 이민자 성모들의 피부가 흑단처럼 검을 수밖에요. 물론 백인들이 겁을 낼까 봐 예술의 성형으로 콧날, 입술, 광대뼈 등을 가톨릭 취향으로 손보기는 했지만요. 하지만 미사가 끝난 뒤에 그들의 베일을 벗겨볼 수 있다면 풍만하고 육감적인 엉덩이를 확인할 수 있을 겁니다."

"하지만 검은 성모들의 무릎에 놓여 있는 아기 예수는 분명히 백인입니다!" 막스가 이의를 제기했다.

오스카가 라민을 대신하여 그 이유를 설명했다.

"검은 성모들은 아기 예수를 돌보는 사람일 뿐, 예수는 그들의 아들이 아닌 게지. 흑인 유모가 백인 아기를 돌보는 일이야 흔하지 않은가."

소르본의 알렉상드르

라민은 자신을 거드는 오스카에게 고마워했다.

"선생님, 선생님은 현자이십니다. 그건 자명한 사실이네요. 선생님의 스승이 누구이신지 여쭈어도 되겠습니까?"

"내게는 스승이 없네! 나는 나 자신의 원인이요, 오직 나 자신만을 근거로 삼지!"

노점상은 놀라는 기색을 감추지 않았다.

"우리 아프리카에서는 철학자라면 모름지기 스승이 있게 마련이죠. 저는 선생님께도 분명히 스승이 있었을 거라고 생각합니다."

오스카는 망설였다. 그는 얼굴의 흉터를 한참 어루만지더니 한숨을 쉬었다. 그는 차 안의 실내등을 노려보다가 다음과 같은 이야기를 들려주었다.

"내가 대학생이던 시절에는 구멍 난 양복을 입은 어떤 사내가 소르본을 배회하고 다녔지. 계절에 상관없이, 궂은 날, 갠 날 가릴 것 없이, 그는 늘 낡고 무거운 가죽 가방에 공책과 종이 뭉치를 불룩하게 넣어 다녔네. 모든 철학과 강의에서 그의 백발이 다 된 머리를 볼 수 있었지. 이미 노트에는 빼곡하게 필기가 되어 있는데도 그는 행간에 뭔가를 더 써 넣거나 표시를 해서 흰 종이를 시커멓게 만들곤 했네. 그러다 가끔 강의 시간에 졸기도 하고 그랬지. 아무도 그에게 뭐라고 하지 않았네. 교수도, 조교도 그를 내쫓을 생각은 하지 않았지. 학생들은 대왕처럼 당당한 그의 태도를 높이 사서 '알렉상드르'*라는 별명을 붙여 주었네.

그는 먼 곳을 바라보며 위풍당당한 걸음걸이로 복도를 지나가곤 했지. 가끔은 혼자 킬킬 웃기도 하고. 알렉상드르는 어떤 사람이었을까? 어디 출신이었을까? 어떤 이들은 그가 아주 오래 전에 소르본에 입학해서 영원히 학교를 떠나지 못하는 거라고 추측했네. 또 어떤 이들은 그가 원래 교수였는데 품행 문제로 학교 당국에서 제명당했을 거라고 했지. 뭐, 그런 건 아무래도 좋아! 나는 곧잘 소르본 대학 마당으로 알렉상드르를 만나러 가곤 했네. 그곳에 있는 빅토르 위고 동상 아래서 알렉상드르는 중얼중얼 독백을 하는 습관이 있었거든. 점심시간에는 샌드위치 한 개를 나누어 먹기도 했고. 그럴 때면 그는 피가 되고 살이 되는 사유로 나에게 한턱을 냈지. 이를테면 '우리는 실존의 문제를 풀 수 없어. 그저 문제 자체를 와해시킬 뿐이지'라고 말해 준다든가. 그는 풀어헤친 넥타이를 바로 매고는 친한 친구 대하듯 나에게 가스통 바슐라르라든가, 앙리 베르그송에 대해 얘기하며 즐거워했네.

그런데 어느 날 알렉상드르가 사라졌어. 빅토르 위고 조각상 아래서 그의 가방만 발견됐지. 내가 그 가방을 물려받았네. 지

* 알렉산드로스 대왕을 가리킨다.

금도 이따금 알렉상드르의 노트를 참고한다네. 언젠가는 그 노
트를 읽을 수 있겠지. 모든 것이 거기에 있으니 해독만 하면 돼.
모든 것이 이미 사유되었다네."

#3 폴란드와 러시아

정신분석학에서의 경향들

콜루시즘과 거기에서 벗어나는 방법

그들은 폴란드 국경에 도착했다. 라민은 고맙다는 인사를 한 뒤 가방을 어깨에 둘러메고 인파 속으로 사라졌다. 막스는 다시 엔진을 들여다보고 하이드롤릭 장치의 LHS 수위를 확인했다. 안젤라는 "애통한 자에게 복이 있나니, 저들이 위로를 받으리라!"라는 마태오 복음서의 한 대목을 인용하며 어느 불가리아 운전자를 위로해 주고 있었다. 오스카는 '이페르 망트' 브랜드의 강한 박하맛 드롭스를 사러 갔다. 그 드롭스를 빨면 혀가 아리고 사유가 더 잘 풀린다나.

간이음식점 입구에서 오스카는 블랑딘 양과 마주쳤다. 여행 가방을 깔고 앉아 있던 블랑딘의 표정이 좋지 않았다. 이유는 뻔했다. 망다르들 때문이구나! 오스카는 부드럽게 블랑딘의 팔을 잡고 간이음식점 안으로 들어갔다. 블랑딘은 뜨거운 김이 모락모락 올라오는 찻잔을 앞에 두고 울먹이는 목소리로 룩셈부르크에서 있었던 일을 설명하려 했다. 프레디는 블랑딘에게 어느 다국적 'PR' 기업의 '홍보 부장' 자리를 주겠다고 약속했단다. 그런데 알고 보니 헐값으로 부리는 8명의 동구권 아가씨들을 관리하는 안내 데스크 업무였다.

블랑딘은 이야기를 더 이상 이어 가지 못했다. 막스가 손에 시커멓게 기름때를 묻히고 나타났기 때문이었다. 막스는 보티첼리와 소피아 로렌의 딸과 재회한 기쁨을 감추지 못했다. 하지만 블랑딘은 대리석처럼 뻣뻣했다. 증류주를 한 잔 들이켠 후에 용기를 쥐어짜낸 청년은 대공궁의 경비에게서 자신이 보낸 편지를 받았는지 물었다. 그가 난생 처음 한 여자를 위하여(다시 말해 블랑딘 그녀를 위하여) 몸과 마음을 다 바쳐 썼던 그 편지를.

블랑딘 양은 고개를 끄덕이더니 가슴팍에서 구겨진 편지를 꺼냈다.

"잘 받았고, 잘 읽어 봤어. 나쁜 뜻은 없지만 솔직하게 말해야겠어. 이 편지, 정말 형편없거든! 막스, 내가 끌어낸 유일한 결론은 이거야. 난 좆만큼도 신경 안 써!"

막스는 꿈의 여인이 친근하게 반말을 해주니 한편으로 기쁘기도 했지만 그렇게 상스럽고 무례한 말을 들으니 화가 치밀었다.

"나에게 그런 식으로 말하다니, 옳지 않거니와 점잖지도 못해! 모름지기 여자라면 '좆만큼도' 같은 말은 쓰면 안 되는 거 아냐?"

큰 소리로 상스러운 말이 오가자 저만치 떨어져 있던 프랑스 사람들이 킬킬대고 웃었다.

"여성의 신체 구조상, 그런 표현은 성립할 수 없지." 오스카가 지적했다.

"여자니까 욕도 하면 안 된다는 건가요? 오로지 남자들만 '좆 만큼도, 좆만 한' 이런 말을 쓸 수 있는 거예요?"

"그런 건 아니지만, 왜 그런 쪽으로 평등을 요구하지? 무엇하 러 천박함에 있어서까지 남성들과 대등하기를 바라는데? 난 천 박한 태도가 일반화되어서는 안 된다고 생각해." 막스가 선언 했다.

아까 그 프랑스 사람들은 웃느라 식사도 제대로 못하고 있었 다. 오스카가 말을 꺼냈다.

"귀부인도 분통이 터지면 속으로는 상스러운 말을 퍼붓는다 는 걸 몰라서 그래. 영국 여왕조차도 자기 사저에서 남편과 부 부 싸움을 할 때에는 '좆 같은'이라는 말이 튀어나올 때가 있지."

막스는 흥분해서 날뛰었다.

"그걸 선생님이 어떻게 아세요? 전 그런 일은 있을 수 없다고 봅니다. 귀부인은 사적으로도 귀부인이고 여왕은 욕실에서도 여 왕이라고요."

그때 저쪽에서 웃던 프랑스 사람 한 명이 끼어들었다.

"그건 사실이죠."

또 다른 사람이 반발했다.

"증명할 수 있나? 여왕과 한 욕실을 써 보기라도 했나?"

흥분한 막스는 신경 쓰지 않고 떠들었다.

"언어가 바로 서려면 몇몇 빼어난 사람들이 일반 대중과 차별되는 말을 써야 한다고 알고 있습니다. 군주제의 궁극적인 존재 이유가 바로 그것이죠. 여왕은 절대로 '좆만 한' 같은 말을 쓰면 안 됩니다. 그랬다간 인류는 끝장이죠."

오스카는 옛 제자의 분별력에 놀라며 이 말을 인정했다.

"내가 거기까지는 미처 생각지 못했구먼."

여행자들이 떼거지로 몰려왔다가 떼거지로 빠지는 소란스러운 간이음식점에서 블랑딘은 본래의 정신머리로 돌아왔다. 지금은 막스가 대화의 주도권을 잡고 있었다.

"당신은 자기가 '부르주'라고 착각하는 택시 운전사일 뿐이야!" 블랑딘이 말했다.

"뭐라고 그랬지?" 오스카가 물었다.

"부르주. 부르주아의 줄임말 몰라요?"

막스는 이렇게 대꾸했다.

"나는 언어가 콜루슈coluche*화되는 데 반대할 뿐이야. 콜루슈는 모든 것을 파괴했지. 통사 구조도, 어휘도. '오라질', '좆만 한'도 그래."

"콜루슈는 천재였어." 블랑딘이 반발했다.

"유해한 천재였지! 우리는 콜루시즘 때문에 죽어 가고 있어.

* 프랑스의 희극인으로 사회적·정치적으로 프랑스에 커다란 반향을 불러일으켰다.

이미 20년 전부터 앓아온 병이야!"

오랫동안 프랑스 땅을 떠나 있었던 오스카가 그들에게 물었다.

"끼어들어 미안하네만, 도대체 그 콜루슈라는 양반이 누군가?"

"문인들과 지식인들의 우상이죠!" 막스가 빈정거렸다. "새로운 프랑스어 문법 학자이기도 하고요! 프랑스어를 망가뜨리면서 프랑스인들에게 찬양받는 사람이죠. 요즘은 모두들 '르 콜루슈le Coluche' 얘기를 하죠. 어떤 동네에서는 '오라질 놈enfoiré'이라고도 하고요. 사람들이 그렇죠, 뭐! 콜루시즘은 프랑스어의 노화에 따른 병입니다. 피해야 할 것을 피하는 감각이 떨어졌다는 증거죠. 말도 그렇고 행동도 그렇고, 피하지는 못하면서 공격만 들입다 퍼붓습니다. 여자들도 그러기는 마찬가지고요. 하지만 어머니의 말본새가 망가졌는데 '모국어'를 구원할 방법이 어디 있겠습니까? 콜루슈는 프랑스어의 아틸라*예요. 그때부터 우리는 사막에서 살고 있는 겁니다. 콜루슈로 인하여, 우리의 아이들은 언어적으로 굶주리고 있어요. 상스러운 언어의 젖가슴에서 그 아이들이 무엇을 빨아먹을 수 있겠습니까?"

---

* 유럽에서 가장 큰 제국을 지배했던 훈족의 왕. 서구 사회에서는 무서운 야만족의 상징으로 통한다.

"사랑해"라는 말의 어려움

여자는 화를 내고 있었다. 그 점은 분명했다. 어쩌다가 사랑 고백이 이렇게나 분노를 일으키는 일이 되었을까? 그 편지가 얼마나 불쾌했기에? 막스가 연정을 토로하면서 무슨 실수라도 저질렀나?

블랑딘이 설명했다.

"이 사람이 나한테 뭐라고 썼는지 들어 보세요. '감히 말하자면, 우리는 서로를 위해 태어난 것 같아요. 우리 사이에서 멋진 이야기가 태어날 수도 있을 것 같아요.' 여자한테 이렇게들 말하나요? 왜 이렇게 찔끔찔끔 간을 보는 거예요? 당신은 내 말이 상스럽다고 하지만 당신은 아예 말이 없잖아, 아무 말도 없잖아. 뭔가를 표현하는가 싶으면 부정하고, 금세 아닌 척 잡아떼잖아. '감히 말하자면…… 생각합니다.' 이런 문장을 쓰다니 끔찍해. 이런 표현은 '저 병신 새끼 추월해'나 '좆만큼도 신경 안 써'보다 심각한 거야. 당신, 직진 코스는 몰라? '내가 당신을 사랑하는 것 같아요'는 또 뭐야? 그런 것 같기는 한데 확신은 없다는 뜻이잖아. '사랑해'라는 말도 할 줄 모르면 도대체 당신이 아는 게 뭐야? 어떻게 교육을 받았기에 이 모양이 됐어? 공부가 당신의 말과 글을 못 쓰게 만들었어. 아니, 난 그딴 건 공부가 아니라 망조 들이기라고 하겠어. 진리, 진정성, 참여에 대한 강의를 그렇게나 열심히 들은 사람이 참되고 진실한 말, 마음을 담은 약속은 할 줄 모르게 됐잖아. 당신은 말을 두려워해. 말 바꾸기, 왜곡, 어법, 변죽 울리기로 회피하고 도망가고 빙 둘러가지."

막스는 체면을 잃지 않으려고 미소를 지었지만 블랑딘은 그 미소를 더욱 고깝게 보았다.

"그들이 당신 팔다리를 자르고 혀를 뽑았어. 당신이 공부하면서 작성한 논문들이 무슨 일을 했어? 아무것도 못했어. 그딴 논문들, 어디 구석에 처박았든가 쓰레기통에 버렸겠지. 아주 잘한 거야. 그 안에 진실한 글은 단 한 줄도 없잖아. 영리한 개가 부리는 재주, 근사하지만 공허한 말의 요란한 나열, 그 이상은 아니잖아. 아무도 그런 논문에는 관심 없어. 당신 자신도, 다른 사람들도. 필기와 시험에만 쓰일 뿐 읽히지도 않는 글이지. 당신도 다시 읽어 보면 창피해서 얼굴이 빨개질걸. 그게 무슨 낭비야! 당신 교수들이 써 오라고 한 글 중에서 보관할 만한 가치가 있는 글은 단 한 편도 없지. 한 번 결산을 내 봐! 센 강에 몸을 던지거나 팡테옹 광장에서 택시 운전을 할 때에는 그럴 만한 이유가 있지! 몇 년을 머리 싸매고 공부해 놓고 아무 말도 못하다니! 당신도 마음속으로는 다 알아. 그래서 당신은 늘 검은 옷을 입는 거야. 이미 죽어 버린 당신의 용기를 애도하기 위해서. 한 번도 교수 앞에서 용감하게 일어나 얼굴을 똑바로 보고 '됐습니다! 제가 쓴 글과 제 생각은 전혀 다릅니다!'라고 말해 본 적 없잖아."

막스가 한 방 먹었다. 그는 아주 오래전부터 택시에 홀로 앉아 있을 때마다 스스로를 이렇게 비판하곤 했었다. 그는 찍소리 못하고 블랑딘의 말을 들을 수밖에 없었다.

"그 결과가 이거야. 당신은 좋아하는 여자에게 말하면서도 간을 보게 됐지. 그러면 멋있어 보일 줄 알지. 당신은 여자가 듣고 싶어 하는 말도 할 줄 몰라. 난 그런 사람을 멍청이라고 불러. 교양 있는 멍청이, 고학력 멍청이, 그래도 멍청이는 별 수 없거든? 그런 편지를 쓰다니! '우리 사이에서 멋진 이야기가 태어날 수도 있을 것 같아요', '~인 것 같다'는 말 좀 그만 써. 그냥 그 이야기를 현실로 만들어. 사랑하는 여자한테는 저돌적으로 달려드는 거야. 여자의 승낙을 훔쳐 내고 키스로 마무리하라고."

막스는 정신이 나가서 아무 대꾸도 하지 못했다.

오스카가 막스를 도우러 나섰다.

"블랑딘 양, 자네 재주가 보통이 아닐세. 말만 번지르르하지 않다는 사람치고는 참으로 유창하게 말도 잘하는군!"

"저 이런 거 딱 질색이거든요? 말끝마다 묘하게 빈정거리고 야유하고…… 이런 건 토론을 차단하고 정정당당하게 대결하지 않으려는 수작이죠. 피해 가는 게 아주 생활 습관으로 굳어진 거예요!"

"자네는 우리와 헤어질 건가?"

"그래요. 제 길은 제가 알아요. 선생님 일행과는 다른 길이죠. 선생님의 눈에서는 운명의 번득임을 보지 못했으니까요."

다른 때 같았으면 오스카 폰 발타자르는 신랄한 말 몇 마디를 쏘아붙여 이 건방진 아가씨의 코를 납작하게 만들었을 것이다. 하지만 그는 블랑딘의 급작스러운 분노에서 패기와 생명력을 보았다.

"원하는 곳으로 가고 죽어야 할 곳에서 죽어라.* 아가씨, 이 맛있는 커피를 마시고 자기 사진에게 정직해지시구려. 남자가 '사랑합니다'라고 말해 버리면 그 사람에게 할 말이 뭐가 남겠소? 억양만 바꾸어서 같은 말을 계속 반복해야 하오? 만돌린이라도 치면서 말해야 하오? '나는 당신을 사랑해……' 강력한 말일수록 재미없는 말이지. 정열적인 사랑도 무미건조함은 피할 수 없다오. 사람마다 취향은 다르지만…… 난 돌아가는 길, 은근한 암시, 완곡어법, 까놓고 말해서 전희前戱를 즐기지."

이 말을 해 놓고서 자르 선생은 말없이 소싯적 연애질의 추억에 젖었다.

막스는 더블스카치를 들이켜고 자리에서 일어났다. 그는 블랑딘이 그렇게 유유히 빠져나가도록 내버려둘 마음이 없었다.

"난 사랑에 빠지면 결코 가벼이 달려들지 않아요. 모든 가설들을 검토해 보고 일정과 목표를 분명히 세우죠. 블랑딘, 난 당신에게 편지를 보내면서 당신을 몰아세우지 않으려고, 사랑한다는 말을 너무 성급하게 하지 않으려고 조심했어요. 그래야 당

---

* 15세기 프랑스 필사본에서 유래했다는 유명한 격언.

신도 나에게 상처를 주지 않으면서 퇴짜를 놓을 수 있잖아요."

"모든 여자들이 퇴짜 놓기 면허 시험을 봐야 한다니까." 오스카가 거들었다.

건너편 테이블에 앉아 있던 프랑스 사람 두 명이 일어나 출구 쪽으로 걸어갔다. 그중 키가 큰 쪽이 인사랍시고 외쳤다.

"여자가 운전대를 잡으면 보험을 잘 들어 놓아야죠!"

그 옆 사람이 빈정대며 덧붙였다.

"여자가 오토바이를 몰면 명만 짧아지지!"

블랑딘도 어깨를 으쓱하며 자리에서 일어났다.

"나는 공증인처럼 계산적인 말보다는 뒤를 생각하지 않고 불처럼 쏟아 내는 말을 원해. 잘 가, 막스. 당신의 DS랑 오래오래 잘 살아. 그래도 내가 당신 생각을 하긴 했지."

그녀는 가방에서 LHS 탱크를 꺼냈다.

"이건 당신에게 줄게. 하지만 내 마음을 가지려면 기다려야 할 거야."

막스는 뭐에라도 홀린 듯 LHS 탱크를 바라보았다. 이 고장에서 이 물건을 구하다니, 정말로 귀한 선물이었다. 펌프를 교체할 때까지 버틸 수 있게 되었다. 막스는 블랑딘을 얼싸안고 고맙다고 말하고 싶었지만 자존심 강한 아가씨는 이미 밖으로 나가 안젤라 수녀의 구찌 모터사이클에 올라타고 있었다. 막스가 뭐라고 말을 꺼내기도 전에 블랑딘은 폴란드 쪽으로 붕 하고 떠나버렸다.

"수녀님이 블랑딘에게 오토바이를 줬어요?" 막스가 안젤라에게 물었다.

"블랑딘은 그단스크에 가야 해요. 성 마르티누스께서는 외투를 반으로 잘랐지만, 오토바이 한 대를 둘로 쪼갤 수는 없잖아요. 그래서 그냥 통째로 내어 줬어요. 나는 여러분과 DS 뒷좌석에 타고 가면 되니까."

"타세요, 환영합니다." 오스카가 정중하게 고개를 숙이며 말했다.

"그럼 그단스크로 출발!" 막스가 외쳤다.

그는 운전석에 앉아 변속 기어 핸들을 살짝 왼쪽으로 꺾었다. DS가 앞으로 튀어나가며 발트해 연안을 향해 힘차게 질주했다.

칸트 우려먹기

엔진, 조인트, 밸브, 남자 두 명, 여자 한 명……. 이 모두에게는 휴식이 필요했다. 밤이 깊어 가는데도 블랑딘과 오토바이를 찾아 나선 막스는 좀체 차를 세우려 하지 않았다.

"일곱 시간만 달리면 그단스크에 도착할 거예요!" 막스가 말했다.

"이럴 수가! 우린 포즈나뉴도, 토루뉴에 있는 코페르니쿠스의 집도, 비스툴라도, 광야와 자작나무숲도 못 보는 건가!" 오스카는 탄식을 했다.

"뒷좌석에 편안히 앉아 주무세요. 나머진 제가 다 알아서 하겠습니다!"

한밤중에, 더구나 별들이 총총한 밤에 DS를 몰고 매끈한 아스팔트 도로를 질주하는 것은 황홀한 경험이다. 하지만 도로의 노면은 고르지 못했고 성질 급한 트럭 운전자, 제정신 아닌 음주 운전자 천지에 폭우까지 쏟아졌다. 막스는 마르샬 헤드라이트를 켜고 달렸지만 앞이 잘 보이지 않았다. 다행히도 하늘에서 번개가 칠 때마다 번쩍하고 브르다 연안의 옛 곡물 창고들이 눈에 들어오거나 헬름노의 아홉 구릉을 알아볼 수 있었다.

자정을 알리는 종소리를 들으며 막스는 눈꺼풀이 무거워지는 것을 느꼈다. 그는 낡은 카 라디오를 켜고 24시간 정보 방송에 주파수를 맞추었다. 방송에서는 40년 전 정보만 쉴새 없이 흘러나왔다.

기자의 콧소리 섞인 음성으로 흘러나오는 쓸데없는 정보들이었다. 이를테면 로마 올림픽 1500미터 육상에서 미셸 자지라는 선수가 오스트레일리아의 허버트 엘리엇 다음으로 들어와 은메달을 차지했다거나, 비치보이스는 윌슨 형제와 그들의 사촌, 이웃으로 구성되었는데 모두 로스앤젤레스 외곽의 호손 출신이라거나…….

비스툴라 연안 도로를 달리면서 막스는 그다지 영예롭지 않은 사태 파악을 마쳤다. 그는 팡테옹 광장을 떠나 자신을 원치 않는 여자를 쫓아 이렇게 죽어라 달리고 있었다. '그 어느 때보다도 엄정성과 경계심을 모토로 삼아야 해!' 막스는 생각했다.

다행히도 여행의 신들은 막스 편이었다. 동틀 무렵, 그의 DS는 옛 폴란드의 왕들이 그랬듯 '높은 문Brama Wyzynna'을 통하여 그단스크에 입성했다.

차가 밤새 덜컹거리며 달리는 바람에 오스카와 안젤라는 본의 아니게 서로 딱 붙어 하룻밤을 보내게 되었다. 잠에서 깬 안젤라는 오스카의 어깨에서 얼른 몸을 뗀 뒤 넵튠 분수대 앞 테라스에서 커피나 한 잔씩 하자고 제안했다. 날씨도 좋았기 때문에 세 사람은 성 발타자르 예배당의 검은 성모를 감상하러 가기로 했다. 얼큰한 고깃국에 곱창 요리를 곁들이고 마주렉이라는 폴란드 롤케이크까지 먹고 난 그들은 오후에는 폴란드 자유 노조 '연대'의 출범지였던 레닌 조선소와 그곳의 위령비를 둘러보며 1970년대 노동자들의 저항을 기렸다. 다시 시내로 돌아온 그들은 마리악카 거리의 화강암 포석을 밟으며 걸었다.

공원을 걷다가 조각상을 발견한 오스카가 펄쩍 뛰었다.

"아니, 이건 쇼펜하우어잖아!"

그 동네의 척척박사는 공원에서 색색의 풍선을 파는 사람이었다. 백발이 성성한 그에게서 뛰어난 안목과 지식이 느껴졌다.

"쇼펜하우어는 이 고장 출신이죠! 옛 프로이센 왕국 시대에는 그단스크를 단치히라고 불렀죠. 쇼펜하우어가 바로 이곳 단치

히에서 태어났습니다. 여기 동상의 발끝이 광을 낸 것처럼 반들 반들한 것 보이시죠? 그게 다 이유가 있죠. 시험 전날이면 철학 과 학생들이 여기 와서 동상의 엄지발가락을 만지고 가거든요. 전하는 말에 따르면 시험도 잘 치게 되고, 임신도 되지 않는다는 군요."

안젤라가 깜짝 놀라며 물었다.

"임신이 되지 않는다고요? 세상에나, 그게 뭐가 좋아서요? 보 통은 성인들에게 제발 아이를 갖게 해 달라고 빌지 않나요?"

척척박사 영감이 설명했다.

"쇼펜하우어는 인류의 재생산, 결혼과 가족 제도에 반대한 철 학자잖아요. 여기 대학생들은 아주 자유분방하게 살지요. 그러 니 신세를 망치고 싶지 않은 대학생, 특히 여대생들이 쇼펜하우 어에게 좀 잘 봐 주십사 찾아오죠. 나중에 여대생들이 시집 가서 다시 임신하고 싶어지면 저 맞은편 교회에 가서 성 벤체슬라우 스에게 빌지요."

막스도 놀라워하며 말했다.

"무슨 풍속이 그렇게 희한하답니까? 철학과 학생으로서 그런 미신적인 짓을 하다니, 정말 이상하네요! 솔직히 말해서 쇼펜하 우어에 대한 기억을 더럽히는 짓 아닌가요? 쇼펜하우어는 모든 종교와 미신에서 벗어난 자유로운 정신의 소유자였습니다. 그 가 이 사실을 안다면 무덤에서도 돌아누울 겁니다!"

이 동네 척척박사가 어깨를 으쓱했다.

"그게 폴란드인의 기질인 걸요. 우리에겐 아이콘이 필요합니다. 이미 고인이 된 위대한 철학자들이라고 대중적 숭배에서 예외가 될 수 있겠습니까? 영국 에든버러에서도 데이비드 흄 동상의 발에다가 입을 맞추는 사람이 한둘이 아니잖아요?"

오스카가 비꼬듯 말했다.

"그렇게 치면 왜 소크라테스의 넓적다리뼈와 두개골, 칸트의 대퇴골, 베르그송의 모자, 사르트르의 아래턱, 시몬 드 보부아르의 터번형 부인모는 숭배하지 않는답니까? 그러한 성유물들이 학생들을 더욱 지적으로 만들어 주지 않을까요?"

척척박사 영감이 빙그레 웃었다.

"쇼펜하우어는 위대한 인물이었지만 결코 그러한 습속을 멀리하지 않았습니다. 그는 당대의 여러 뛰어난 학자들과 마찬가지로 심령술 집회에서 원탁을 돌리는 짓거리 따위에 참여했습니다. 금화를 잉크병 아래 숨겨 두기도 했고, 여인숙에서 불이 날 경우를 대비해 2층보다 높은 층에서는 묵지도 않았습니다. 늘 권총을 갖고 다녔으며, 이발사가 면도를 하다가 자기 목을 베지 않을까 늘 겁을 냈습니다. 게다가 불상佛像을 애지중지했지요. 쇼펜하우어가 불상을 그리 여겼는데 그단스크 대학생들이 쇼펜하우어 동상을 숭배한다고 뭐라 할 수 있겠습니까?"

"쇼펜하우어가 불상에 입을 맞추진 않았잖아요!"

"그걸 누가 압니까. 쇼펜하우어가 불상에 쪽쪽 입을 맞췄다 해도 난 놀라지 않을 것 같은데요. 사람들 앞에서는 더없이 뛰어나고 냉철한 사람이 개인적으로 성유물을 숭배한다든지 롱샹 경마장에서 자기 생일과 같은 번호라는 이유로 돈을 건다든지 하는 일이 얼마나 많은가요. 어쨌거나 쇼펜하우어는 그러한 강박관념이 이성적이지 않다는 것을 깨닫고 고쳐 보려고 노력했습니다. 어찌 그를 비난하겠습니까?"

척척박사 영감이 목소리를 낮추었다.

"난 말이죠, 오랫동안 《순수이성비판》의 몇몇 대목들을 잘 우려내어 음용해 왔습니다. 이슬람교의 성인 시디 페루크Sidi Ferruch가 종기를 치료하기 위해 코란을 우려내 마셨다는 얘기를 들었거든요. 효과는 보장합니다. 《순수이성비판》에서 인용한 문장을 종이에 쓰고 둘둘 말아 올리브유에 푹 담가 두었다가 꾸준히 마시면 한 달 안에 칸트 철학을 이해할 수 있게 된다니까요."

오스카는 얼굴이 해쓱해져서 중얼거렸다.

"한 달 안에? 아니, 그게 무슨 병을 치료하는 약입니까?"

"순수이성비판병을 치료해 주는 약이죠. 죽기 전에 그 책을 완벽하게 이해하고 말겠다는 정신 나간 바람을 잠재우는 약. 뭐, 그 이상은 아닙니다."

"그것만 해도 어딥니까!"

오스카는 크게 감탄하며 얼마나 오래 우려야 하는지 자세히 물었다.

"독일어 원문 기준으로 하룻밤 정도 담가 두세요. 가급적이면 눈이 나쁜 사람을 위한 글자가 큰 판본으로요. 호감 가는 사람을 만난 김에 인심 한 번 쓰겠습니다. 내가 갖고 있는 독일어 원서 한 부를 드리지요.”

척척박사 영감은 가방에서 책을 꺼냈다. 군데군데 페이지가 찢어져 나간 책이었다. 오스카는 보는 사람이 없는지 확인하고는 《순수이성비판》을 주머니에 넣었다.

철학의 ‘드림팀’을 향하여

살기 좋은 도시 그단스크에는 야코브 스타블린스키라는 이름의 잘나가는 사업가가 있었다. 아직 젊은데도 큰 부자인 그는 오스카 폰 발타자르의 명성을 익히 알고 있었다. ‘천재 퀴즈쇼’도 챙겨 보았다. 그리하여 마리악카 거리에서 오스카와 마주친 그는 구시가에서 가장 알아주는 식당의 고급 음식을 대접하고 싶다고 제안했고 덕분에 세 사람은 훌륭한 식사를 즐길 수 있었다. 후식으로는 토르뉴산 향료가 든 빵 과자 모둠과 시가 한 상자가 나왔다. 야코브 스타블린스키는 후식 접시까지 물리고 나서야 입을 열었다.

“선생님, 저는 선생님을 위해서 대대적인 계획을 세워 두었습니다. 저는 선생님을 존경합니다. 대학 강단에서 다른 철학자들에 대한 논평을 하는 데 그치지 않고 일상에서의 행동까지 철학을 구현하는 사람은 유럽에서 선생님 단 한 분뿐이니까요. 선생님은 위험을 무릅쓰고 새로운 길들을 열어 보이셨죠. 맨손으로, 그것도 본인의 안위를 돌보지 않고 말입니다. 저도 압니다. 천재성은 어리석음의 사촌이요, 그 둘 사이의 길은 아주 좁고 능선처럼 튀어나온 곳만을 밟아야 하기 때문에 한 발씩 번갈아 내딛을 수밖에 없죠. 어쨌거나 선생님은 프랑스인이지만 제가 늘 프랑스인들에게서 개탄스럽게 여기는 프랑스 토착색이 없습니다. 선생님은 그냥 유럽인, 세계 시민이시죠. 선생님은 예외적이지만 외롭지는 않으실 겁니다. 선생님은 선생님의 청중을 찾고, 선생님의 청중도 선생님을 찾으니까요. 한때 폴란드 공산당 서열 3위였고, 현재 배달 피자 업계 2위인 저 야코브 스타블린스키가 그러한 만남의 '주선자'가 되고 싶습니다. 여기서 주선자라 함은 그러한 대의를 실현하기 위해 산업적인 기반을 만들어 보겠다는 뜻입니다. 이제 선생님의 방랑은 끝입니다! 창밖을 보세요!"

오스카 폰 발타자르는 식당 주차장에 세워져 있는 재규어 한 대와 페라리 두 대를 보았다.

"전부 제 소유의 차량입니다. 하지만 한 번에 한 대밖에 몰 수 없지요. 제 셔츠를 보세요. 세상의 금은보화를 다 그러모은들 무슨 소용이 있겠습니다. 넥타이는 한 번에 하나만 맬 수 있는데요."

"한 번에 한 대의 시가만 피울 수 있는 것과 마찬가지구려."

"그게 인간의 유한성을 나타내는 표시 아니겠습니까. 오직 신만이 무한히 맛좋은 시가를 무한히 피울 수 있겠지요. 제가 독실한 신자라는 사실을 말씀드리지 않았군요. 그게 제 문제의 핵심이죠. 별로 애쓰지 않아도 돈이 많이 들어오니 신자로서 마음이 불편합니다. 이제 곧 제 나이도 마흔이니 5년만 있으면 머리가 벗겨지고 10년 뒤에는 심근경색이 오겠죠. 그게 숙명입니다. 너무 쉽게 번 이 돈을 다 어디에 쓰겠습니까? 저는 그 돈을 덜어내고 싶습니다."

"축성식이 필요하겠소."

오스카의 선언에 코냑을 마시던 야코브 스타블린스키가 깜짝 놀라며 물었다.

"축성식? 무슨 말씀이십니까?"

"정화 의식 말이오! 고대 로마에서 모든 더러움을 깨끗이 씻기 위해 거행했던 의식이오. 로마인들은 '정화 기간'이라고 하는 정해진 시기에 정화수를 몸에 끼얹곤 했소."

"그거 흥미롭군요. 시장이 만들어질 수 있겠어요. 정화수 사업이라, 죄를 씻어 준다…… 그런데 그 물이 돈도 씻어 줍니까? 갑자기 또 다른 정화 의식이 생각나네요. 선생님은 소르본 대학 교수셨지요? 그런데 '소르본'이라는 이름은 마법을 부리죠. 그 이름만으로도 지성과 존경을 약속받지 않습니까. 광고업계 식으로 말하자면 브랜드 가치가 끝내 주죠. 선생님은 정신적인 것들만 중요시하신다는 걸 알지만, 이제 철학적 사색과 부동산 투기가 손을 잡을 때라고 봅니다.* 저는 그단스크에 수천 평의 땅을 갖고 있는데 그것도 역사적 중심지를 꿰차고 있죠. 그 땅에 대학을 세우고 '소르본'이라는 이름을 붙일까 합니다."

야코브 스타블린스키의 말에 오스카는 분개해서 날뛰었다.

"그럴 순 없소! 소르본 대학은 세계에서 하나뿐이오. 소르본은 토종 상품이지. 생트 주느비에브 산에서만 자랄 수 있는 작물 같은 거라고!"

야코브 스타블린스키는 고수를 곁들인 붉은 무 스프를 마시며 이렇게 말했다.

"비스툴라 연안에서 슬슬 시작해 볼 겁니다. 완전히 합법적으로요. '북구의 소르본'을 건립할 권한을 사들이기만 하면 되니까요. 문화와 철학을 통한 정화 의식! 오스카 폰 발타자르 선생님, 그 대학의 학장이 되어 주십시오. 예산은 달러 기준으로 짜시고 유럽 최고의 교수들을 스카우트하세요. 다른 억만장자들이 축구 클럽을 결성하고 운영하는 동안 저는 철학 클럽, 세계 최고의 개념 창조자들을 망라하는 철학의 '드림팀'을 결성할 겁니다. 선생님이 그들의 코치 겸 주장이 되어 주십시오. 제가 전권을 드리겠습니다. 선생님이 프로그램을 다 짜고, 장학금도 퍼 주고, 특별한 자리에서 입는 단체 정장과 유니폼 색깔까지 정하세요."

"유니폼?"

"드림팀이면 유니폼이 있어야죠. 2012년에 1만석 규모의 원형

---

* 'spéculation'이라는 단어가 '사색, 사변'과 '투기'라는 두 가지 뜻으로 해석되기 때문에 말장난을 한 것이다.

강의실에서 철학적 논쟁 월드컵을 개최할 겁니다. 멀티플렉스 소르본, 우리가 건립할 철학의 마라카낭*에서요. 잊지 말고 여자들도 적당히 선발하세요. 제가 보니까 원조 소르본 철학 팀에는 여자들이 너무 적더라고요. 캐스팅, 학위 수여 권한, '걸'들의 선발 쪽은 제 비서가 도와드릴 겁니다. 이 자리에도 와 있습니다. 타티아나, 여기!"

라틴어와 치어리더

폴로니아 바르샤바 클럽 치어리더 단장 출신인 타티아나가 오스카에게 미소를 지으며 부드럽게 손을 내밀었다. 하지만 철학자는 정신이 딴 데 가 있었기 때문에 그 손에 입을 맞추지 않았다. 그가 20년째 매달려 있는 칸트의 숭고 개념이라는 문제가 이번에도 예고 없이 갑작스레 그를 사로잡았던 것이다. 하루에도 몇 번씩 아무 때고 그 문제가 떠오르면 오스카는 대화와 시간에서 벗어나 버렸다. 아주 오랜 침묵이 흐르고 나서야 오스카는 스타블린스키를 돌아보며 이렇게 말했다.

"햇살이 어루만지는 잔잔한 바다의 풍경은 위대하지만 유한

---

* 브라질 리우데자네이루에 소재한 세계 최대의 축구 경기장.

한 대상을 떠올리게 하지. 반대로 거센 파도가 휘몰아치는 바다를 보고 있으면 내 마음속에 지울 수 없는 자유와 무한의 관념이 떠오른다오. 당신도 그렇소?"

오스카는 상대의 대답을 듣지도 않고 타티아나를 보며 이렇게 물었다.

"나는 칸트와 달리 여성들도 '절대적으로 위대한 것'을 느낄 수 있고 자기를 초월하여 내면 깊은 곳에서 '자유롭고 도덕적인 피조물'을 발견할 수 있다 생각하오. 칸트 철학에서 여성혐오증의 요소들만 제거한다면 우리는 21세기가 기대하는 위대한 유니섹스 철학을 만들어 낼 수 있겠지. 그쪽은 어떻게 생각하시오? 칸트를 좋아하시오? 불 좀 있소?"

타티아나는 묵직한 금색 라이터를 내밀며 키들키들 웃었다.

"전 철학을 아주 좋아해요. 특히 프랑스어로 철학 얘기를 하면 더 좋고요!"

성질 급한 스타블린스키는 오스카의 코앞에 서류를 내밀었다.

"자, 계약서입니다. 우리의 합의는 끝났습니다. 북구의 소르본을 이끄는 대가로 선생님은 안락하게 살 수 있는 연봉, 사택, 스톡옵션, 거액의 입사 수당, 거액의 퇴직 수당, 각종 출석 수당을 받게 됩니다. 선생님은 제 연설문에 필요한 인용문을 제공하고 타티아나를 가르칠 의무가 있습니다. 그럼 이제 우리 대학의 교훈이 필요할 텐데요."

오스카가 계약서에 서명하기를 망설이자 사업가는 소화제를 갖다 달라고 주문했다. 그러고서 그는 결정적 조건을 내걸었다.

"선생님께는 완벽한 상태의 DS가 제공될 겁니다."

오스카가 펄쩍 뛰었다.

"DS라고? 좋소. 하지만 반드시 내 조수 막스 드 쿨의 DS라야만 하오. 다른 차는 절대 안 돼!"

"좋습니다!"

"그리고 막스를 종신 운전 기사로 고용해 주시오!"

"좋습니다!"

"하이드롤릭 유닛과 엔진을 교체해 주고, 고압 펌프 세 개와 LHS도 열 통 제공해 주시오."

"그 정도야 당연하죠!"

"또한 나에게는 몬테크리스티 파나마모자와 페라가모 모카신을 비축해 주어야 하오."

"계약서에 추가 조항으로 명시해 놓겠습니다! 이제 전체적인 합의는 끝났군요, 폰 발타자르 선생님."

폴란드어의 모음 빈곤

"실례지만 아까 하던 얘기로 돌아가겠습니다. 우리 대학의 교훈이 아직 정해지지 않았으니까요."

오스카는 곰곰이 생각해 보고는 이렇게 말했다.

"이런 것은 어떻소. '아무나라도 아무것이 될 수 있다!'"

스타블린스키가 고개를 저었다.

"'아뇨…… 저로 말하자면 결코 '아무나'라고 할 수 없죠. 또한 '아무것이' 됐다고 생각하지도 않고요."

"'모든 것은 이미 사유되었다' 이건 어떻게 생각하시오?"

"안 됩니다. 일단 사기가 꺾이잖아요!"

"'우리는 실존의 문제를 풀 수 없다. 그저 문제 자체를 와해시킬 뿐이다' 이건 안 될까?"

"너무 길어요! 그리고 폴란드어 교훈이라야 합니다."

오스카는 대뜸 쏘아붙였다.

"말도 안 돼! 폴란드어에는 자음이 너무 많네. 나는 들을 때마다 놀란다니까."

막스는 스타블린스키와 타티아나에게 물었다.

"그런데 언제부터 여러분은 모음 빈곤에 시달려왔나요?"

타티아나가 설명했다.

"공산주의 체제가 러시아어의 자음들을 대량 수입하면서부터죠."

오스카가 대꾸했다.

"아가씨, 매사를 공산주의자 탓으로 돌리지 마시게! 폴란드어는 애초부터 모음이 희박했지. 그건 누구나 아는 사실이야."

"어쩌면 그럴지도 모르죠. 하지만 어쩔 수 없잖아요?"

"그렇다면 반대로 모음을 너무 많이 쓰는 나라에서 수입을 했어야지. 예를 들어 폴리네시아인들은 아, 에, 이, 오, 우로 점철된 너무 긴 단어들을 발음하느라 고생하고 있다네."

스타블린스키는 이 말을 일축했다.

"그건 너무 복잡한 일입니다. 그럼 우리는 라틴어 교훈으로 갑시다. 그래야 더 근엄해 보이죠."

오스카는 생각에 잠기는 듯하더니 이렇게 말했다.

"진지하게 장난치고 열심히 놀아라Jocari serio et studiosissime ludere."

"그것도 너무 길어요!"

"심각하게 미쳐라Graviter insanio." 오스카가 다시 말했다.

"그거 좋네요! 그걸로 갑시다! 이제 여기에 서명하시고 각 장마다 간인 부탁드립니다."

하지만 오스카는 만년필을 본 체 만 체하고 계속 생각에 잠겼다.

"가장 큰 어려움은 이 대학을 '정초定礎'하는 것이지. 돈만으로는 안 되네. 원인과 결과의 일상적 연쇄를 끊고 이 대학을 시간속에 집어넣기 위해서는 뭔가 아주 강력한 행위가 필요해. 후세에도 상상력에 강한 흔적을 남기려면 피와 칼이 난무하는……."

"지금 전쟁을 생각하시는 겁니까?"

스타블린스키가 두려움에 떨며 말했다.

"그래, 전쟁일세!"

"하지만 전쟁보다 어리석은 짓은 없어요!"

"바로 그거야! 어리석은 짓은 무엇을 정초하는 밑거름이 되지. 어리석으면 어리석을수록 그것을 바탕으로 세워진 것은 오래 간다네. 가장 이상적인 것은 아무도 이해할 수 없는데 많은 사람이 죽어 나간 전쟁이지. 그러면 다음 세대들은 그 전쟁을 어떻게 이해해야 하나 고민하거든. 하지만 이해를 할 수가 없으니 계속 깊이 사유하게 되지. 그리하여 어리석음을 밑거름 삼아 지성이 발전하게 된다네."

"선생님의 추론은 전혀 알아먹을 수가 없군요. 그래도 저는 선생님을 믿습니다. 군비를 좀 더 갖출 수 있다면 전쟁 한 판하죠, 뭐!"

"그 문제는 좀 더 생각해 봐야겠네. 고속도로 휴게소 간이음식점에나 가 있다가 일주일 후에 다시 이곳에 와서 대답을 줌세."

오스카는 자리에서 일어나 타티아나의 손에 입을 맞추고는 다시 자리에 앉았다. 타티아나는 함박웃음을 지으며 상냥하게도 이렇게 말해 주었다.

"칸트라니, 정말 멋져요!"

여러 개비의 시가를 한꺼번에 피울 수 있을까?

막스는 방금 들은 이야기에 뿔이 나 있었다. 허영과 금력이 또다시 공상의 왕국을 미끼로 내세워 철학자를 유혹하지 않았는가. 천지사방에 깔린 것이 유혹, 누구도 피해갈 수 없었다. 막스 자신도 예외는 아니었다. 지금까지 걸어온 금욕의 길에서 벗어나 보라는, 조심스럽지만 끈질긴 압박을 느꼈던 것이다. 바로 타티아나가 그의 발을 살짝 밟았던 것이다. 이 금발의 여인은 상당한 미모의 소유자였지만 막스는 오로지 블랑딘만을 생각하는 순정남이었다. 그는 얼른 발을 치웠다. 경계를 늦출 수 없었다. 언젠가 소르본이(구 소르본과 신 소르본, 북유럽의 소르본과 중유럽의 소르본을 막론하고) 뽑은 치어리더들이 철학 강의가 시작될 때마다, 또는 교수가 뭔가 근사한 말을 할 때마다 요망하게 허리를 흔들게 둘 수는 없지 않은가. 요컨대, 고집불통 젊은이는 이 폴란드 협상 건을 지금 당장 물 건너가게 만들고 싶었다.

아르마냑이 나왔을 때 막스는 자기가 좀 끼어도 되겠느냐고 운을 뗀 뒤 부드러운 목소리로 말했다.

"여러분, 숭고와 정초의 문제 외에도 제가 여러분의 혜안에 청하고픈 문제가 하나 있습니다. 우리는 지금 '흡연석'에 앉아 있는데 말입니다, 여러분이 나누는 말씀을 듣다 보니 끽연가는 한꺼번에 여러 개비의 시가를 피울 수 있는지 궁금해지는군요. 어차피 인생은 짧고 쾌락은 잠깐이죠. 얇은 시가도 좋지만 두툼한 시가는 더 좋습니다. 시가 한 개비를 맛있게 피울 수 있다면 시가 두 개비는 두 배로 맛있지 않을까요. 야코브, 어떻게 생각하십니까? 한 번 도전해 보시겠어요?"

폴란드 배달 피자 업계 넘버 투는 이 당치 않은 제안을 비스툴라 연안과 그 일대에 미치는 자신의 명성에 홈집을 내려는 의도로 파악했다. 하지만 오스카는 막스의 제안에 맞장구를 치면서 한 번 해보라고, 심지어 이 시도를 계약서에 서명하기 위한 최종 조건으로 삼겠다고 나섰다.

그리하여 시가 상자를 열고 다비도프 넘버 15 두 개비를 입에 문 야코브 스타블린스키는 시가에 불을 붙이고 힘차게 들이마셨다. 하지만 연기에 숨이 막혀 금세 정신을 잃고 쓰러져 버렸다. 타티아나가 그의 겨드랑이 쪽으로 팔을 넣어 밖으로 끌고 나가 상쾌한 공기를 마시게 했다. 스타블린스키는 겨우 정신을 차렸지만 단단히 화가 나서 자신의 재규어에 올랐다. 하지만 마음이 바뀌었는지 다시 빨간색 페라리로 옮겨 탔다. 그러고는 아까보다 더 불만스러운 표정으로 차에서 내린 그는 결국 노란색 페라리를 타고 그곳을 떠났다.

식당에는 그 허황된 계약서가 그대로 남겨졌고 그단스크에서 그 계약에 대해 말하는 사람은 없었다. 다만 비스툴라에서 유람선을 운행하는 사람들만이 이따금 저녁나절에 시가 두 개비를 한꺼번에 피운 남자 이야기를 하면서 부자들을 놀림거리로 삼곤

했다.

방랑과 상속자 부재

소지품 보관소에서 사소한 마찰이 발생했다. 식당 직원들이 오스카의 파나마모자를 분실한 것이었다. 몇 번이나 찾아보았지만 헛수고였다. 결국 매니저가 모자 값을 변상하겠다고 했지만 오스카는 멸시하듯 거절했다.

"나에겐 몬테크리스티가 필요하오, 그렇지 않고는⋯⋯."

오스카가 갑자기 가슴팍을 붙잡고 쓰러졌다. 하지만 다행히도 소지품 보관소에 깔린 카펫은 꽤 두툼했다.

마침 홀에 있던 의사가 달려와 한쪽 무릎을 꿇고 청진기를 대 보고, 맥박을 짚어 보고, 눈꺼풀을 뒤집어 보더니 환히 웃는 얼굴로 고개를 들었다.

"이거 굉장하네요. 이런 사례는 더는 없는 줄 알았는데. 반더트라이브Wandertrieb, 완더링 임펄스wandering impulse⋯⋯ 프랑스어로는 뭐라고 하죠? 방랑충동pulsion errante? 여행병? 정신 의학 문헌에서 가장 최근의 사례는 제1차 대전과 제2차 대전 사이의 기간까지 거슬러 올라가죠. 어떤 저능아가 가출을 했고 뚜렷한 목적지도 없이 걸어 다니거나 열차를 얻어 타고 온 유럽을 쏘다녔

다나 봐요. 그렇게 수천 킬로미터를 쏘다녔는데 그 이유도 알
수 없고 그 사람에 대해서도 알려진 바가 없어요. 이 병은 '방랑
벽'이나 '역마살'이라고도 불리지만 저는 '배회증'이라는 표현을
선호합니다. 친구 분께서는 모든 징후들을 보여 주고 있네요. 이
병은 당장 가둬 두는 것 외에 아무런 치료법이 없습니다. 그렇잖
으면 제멋대로 떠나서 아무도 모르는 목적지를 향해 사방을 쏘
다니게 될 거예요."

의사가 막스와 안젤라에게 설명을 하고 있는데 오스카가 갑
자기 눈을 뜨더니 미소를 지었다.

"방랑벽, 배회증…… 그것 참 듣기 좋구려, 의사 양반. 그걸
'발타자르병'이라고 하면 안 되겠소? 난 항상 희귀병에 내 이름
이 붙는 날을 꿈꾸어 왔소. 사람은 사상을 통해서나 질병을 통
해서 후세에 이름을 남기는 법이지."

안젤라가 의사 앞을 가로막고 섰다.

"선생님을 감금한다는 건 말도 안 돼요. 의사 선생님, 그쪽 의
견은 받아들일 수 없어요! 내가 직접 환자를 돌보겠어요. 이분
에게 지금 당장 필요한 건 몬테크리스티 파나마모자예요."

오스카가 한 술 더 떴다.

"페라가모 모카신도 추가해 줘요."

의사는 어쩔 수 없다는 듯 팔을 들었다.

"난 모릅니다! 파나마모자를 특별기편으로 보내 달라고 국제
구호기관에 전화를 걸어드릴 순 없네요! 그냥 잘 가시라는 인사

만 하겠습니다."

의사는 아내가 조바심을 내며 기다리는 테이블로 가기 전에 안젤라의 귀에 대고 마지막으로 이렇게 속삭였다.

"행선지라도 찾아 보세요. 그렇잖으면 저 정신 나간 사람 때문에 시베리아 벌판에서 방황하게 될지도 모릅니다."

차 안에서 오스카는 정신을 수습했고 안젤라가 분통을 터뜨려도 가만히 듣고만 있었다.

"무식한 의사 같으니. 방랑벽이니, 히스테리성 배회증이라니…… 난 모터사이클회 수녀라서 여행병에는 일가견이 있다고요. 오스카, 당신은 알렉산드로스 대왕이 그랬던 것처럼 '포토스 (pothos, 사랑의 욕망을 뜻하지만 넓은 의미로는 채워지지 않는 여행과 발견에 대한 욕망, 정복욕을 뜻한다. 오디세우스와 알렉산드로스 대왕이 대표적 인물이다)'에 빠진 거예요."

"알렉산드로스? 와우! 그거 폼나는데. 그런데 포토스라는 건 어떤 거요, 친애하는 수녀님?"

"선생님은 공간, 새로운 것, 여행의 부름을 좇는 사람이죠. 언제나 더 많이, 언제나 더 멀리…… 알렉산드로스는 경계석에 앉아서 언제나 더 멀리 나아가고픈 욕구를 느꼈다지요. 그는 지평선까지 다다르기 원했어요. 자기 나라에 돌아오면 떠나고 싶어했고, 막상 떠나면 자기 집을 그리워했다지요. 그는 결코 한곳에 머무를 수 없는 인물이었어요."

"내 기분이 딱 그렇소. 그러니 나는 알렉산드로스 대왕이 군대를 데려갔던 곳만큼이나 먼 데까지 여러분을 데려가겠소. 인더스강 너머까지 말이오."

"그래도 우리는 내릴 곳을 찾아 봐야죠."

"아니, 우리는 계속 길을 갈 거요. 스텝의 부름이 더욱더 강력하게 들리는군. 나는 상어의 영혼과 기관지를 가졌다오. 그러니 멈추면 그대로 죽고 말 거요."

막스는 안젤라를 돌아보며 물었다.

"어디로 가죠?"

그에게는 듣고 싶은 대답이 있었다.

"여기서 100킬로미터 거리에 있는 그로토호코 수도원으로 갑시다. 그곳에 이제 막 블랑딘이 도착했다는군요. 나와 같은 모터사이클회에 있는 수녀가 전화로 알려줬어요."

막스는 걱정에 휩싸였다.

"블랑딘이 수녀가 되려는 걸까요? 신앙적인 문제가 있나요?"

"아뇨, 연료적인 문제가 있나 봐요."

왜 피를 흘려야만 하나

그로토호코로 가는 길은 곳곳마다 바리케이드가 설치되어 있었다. 이제 막 전쟁이 터졌다고들 했다. 오스카 폰 발타자르는 기쁨을 감추지 못했다.

"우회로를 이용하세! 여기에서라면 무엇인가를 정초할 수 있겠구먼. 우리는 여기 아득한 태고의 자리에 온 거야. 칼과 불로써, 피는 흘러야 하네."

"정초란 끔찍한 행위로군요." 막스가 걱정스럽게 말했다.

안젤라는 다른 의견을 내놓았다.

"정초가 항상 끔찍하기만 한 것은 아니죠. 예를 들어 가정을 꾸리는 것도 일종의……."

"절대 안 돼요! 내 DS는 방탄차가 아니란 말이에요! 그리고 1914년 마른의 택시 노릇*을 할 생각은 추호도 없습니다. 분명히 해두죠. 전쟁은 내가 원치 않는 세계에 속합니다. 선생님이 혹시 군복을 입고 참전하실 생각이라면 전 말리고 싶습니다. 선생님은 이론가예요. 괜히 끼어들어 군인들만 난처하게 만들지 마시라고요."

"입 다물게, 평화 사상에 물든 비루한 영혼 같으니라고! 자네는 여기 이 작은 최신 기계의 운전석에나 처박혀 있게. 대신 나를 전쟁터에 가급적 가까운 곳에 내려줘! 난 죽음과의 만남을 경험하고 싶네. 나의 죽음, 타인들의 죽음, 뜨겁고 열광적인 집단 속의 융합을 경험하고 싶으이. 세상이 어떻게 경련하고 격동하는지, 그 진흙탕과 비합리성의 격랑을 보고 싶네. 철학적인 것과 영

---

* 1914년 제1차 마른 전투에서 병력 보충을 위해 징발된 파리 택시들의 활약을 가리킨다.

웅 서사적인 것의 조우를 볼 것이야. 나는 사상가이니 참여를 해야지, 그렇잖으면 동시대인들에게, 나아가 후세에도 응분의 대가를 치르게 될 것이네. 하얀 손의 지식인은 손이 없는 거나 마찬가지지. 가장 치열한 전쟁, 극단의 위험을 겪어 보지 않은 철학자, 총알이 공기를 가르는 소리를 들어 보지 않은 철학자, 진창이 철벅대는 좁은 참호를 기어가 보지 않은 철학자는 철학자도 아닐세. 진정으로 살고자 하면 삶을 걸어 보아야 하는 법이지. 본질이 다가 아니요, 실존이 따라야 한다는 말일세."

그들은 집중 포격 소리를 따라 숲길로 들어섰다. 노면 상태가 점점 더 나빠졌지만 고급형 DS는 최악의 도로에서도 안락함을 보장해 주었다. 해가 저물 무렵, 그들은 군대 호송 차량으로 가득한 어느 촌락에 들어섰다. '프레투고르크Pretugorg'라는 이름의 그 촌락은 그 지역 말로 '감미로운 저녁 이슬'이라는 뜻을 가지고 있었다. 그들은 폴란드 동부에서 가장 고약한 마을에 들어왔음을 짐작했다. 구급차들이 오가며 유혈이 낭자한 시신들을 실어 날랐다. 군인들이 여러 나라 말로 떠들어 대서 뭐라고 하는지 하나도 알아들을 수가 없었다. 오스카 폰 발타자르는 점점 더 흥분했고 막스 드 쿨은 점점 더 불편해졌다. 군대가 세워 둔 바리케이드 때문에 DS를 마을 초입에 세워야 했다. 민간 차량은 더 이상 들어갈 수 없었다.

키릴 베르크만 중위의 정신은 그의 군화보다 더 반짝반짝하게 빛났다. 그는 완벽한 프랑스어를 구사했고 새털을 넣은 조끼를 입고 있었다.

"프레투고르크 일반인 구역에 오신 것을 환영합니다! 여기에 프랑스 택시가 들어오는 일은 거의 없습니다. 파리 분들이십니까? 아! 저는 소르본에서 5년을 수학했습니다. 쥘 르키에에 대해 석사 논문을 썼지요."

"쥘 르키에! 내가 아는 한, 그보다 더 아름다운 죽음을 맞은 철학자는 없지……."

그렇게 말하는 오스카의 얼굴이 갑자기 창백해졌다.

"1862년 2월 11일에 쥘은 브르타뉴의 해변에서 옷을 죄다 벗어 던지고 바다에 뛰어들었지. 그는 한참을 헤엄쳐 수평선에서 자취를 감추었다네. 그날 저녁 썰물과 함께 그의 시신이 발견되었지. 우리 다 같이 1분간 묵념을 하세."

베르크만 중위가 외쳤다.

"어쨌거나 일흔 살까지 살다가 자기 침대에서 눈을 감은 칸트와는 차원이 다르지 않습니까!"

오스카가 오류를 정정했다.

"여든 살이었네! 그리고 칸트를 모욕하지 말게!"

"저는 아무도 모욕하지 않았습니다. 저는 제 주제를 사로잡고 제 주제는 저를 사로잡았을 뿐이지요. 게다가 저는 매우 우수한 논문이라는 평가도 받았습니다."

"중위 양반, 나는 학위의 가치를 익히 알고 존중하네. 나 자신이 소르본 대학의 명예 교수니까."

오스카는 그렇게 선언하며 명함을 내밀었다.

명함을 본 중위는 정중하게 고개를 숙였다.

"폰 발타자르 선생님, 당신의 명성은 이미 국경을 넘어 이곳 프레투고르크에까지 퍼졌습니다. 이곳을 찾아 주시다니 제게는 과분한 영광입니다. 사령관님께서 반가이 맞아 주실 겁니다. 이 말씀만 드리겠습니다. 완전 존경합니다! 제가 뭐 도와드릴 일이 없을까요?"

"전투에 참여하고 싶네. 전쟁에 익숙한 사람이 아니니 아마도 최전선에는 설 수 없겠지. 까놓고 말하자면 내가 잡아 본 유일한 총은 야시장 사격장 총이었네. 하지만 이곳에서 하는 일이 하얀 파이프를 명중시켜 깨뜨리거나 알록달록한 풍선을 터뜨리는 일은 아니잖나. 나를 꼭 적들의 공격에 '노출된' 위치에 배치시켜 주기 바라네. 그래야 내 목숨을 걸고 나의 성찰을 더욱 살찌울 수 있을 테니 말일세. 나를 숨겨 주거나 하진 않았으면 하네. 왜냐하면 우리 철학자들은 어떤 식으로든 '불에 탄 머리tête brulée'*들이거든."

하사관이 응수했다.

"성찰에 골몰하니 머리에 김이 날 수밖에요."

"자네 말귀를 좀 알아듣는구먼! 자네만 믿겠네. 내가 본격적으로 장비를 꾸리기 전에 자네가 현 상황이랄까, 군비 상태, 전

---

* '무모한 사람'이라는 뜻의 관용적 표현이다.

략적 관건, 군사들의 사기를 요약적으로 설명하고, 무기 사용법
도 가르쳐 줬으면 좋겠는데, 가능하겠는가?"

"기꺼이 그러지요. 하지만 이미 시각이 늦었고 포격전이 일어
날 때가 됐으니 자리를 옮기겠습니다."

비아그라와 그리스도의 임재

멋쟁이 하사관은 우리들의 세 친구에게 이렇게 설명했다.

"원래 브뤼셀 유럽 위원회가 유럽 연방의 군사력을 시험하기
위해서 조직한 작전 훈련이 있습니다. 그런데 올해 선택한 훈련
주제가 그리스도가 실제로 임재한다고 주장하는 이들의 비아그
라 침착물을 이용한 성찬식 급습이었지요. 전략적 관건은 이 지
도에서 보실 수 있듯이 코카서스 산맥 건너편의 파이프라인을 장
악하는 것입니다. 이 파이프라인의 목적은 우울증에 빠진 유럽
을 웃게 만드는 최소崔笑 가스의 공급에 있습니다. 폴란드, 좀 더
정확하게는 그로토호코 평원이 이 작전의 무대로 낙점되었습니
다. 그곳에는 수녀들과 가난한 농민들 몇 명밖에 살지 않았으니
까요. 그런데 일이 꼬이기 시작했지요. 쳉스토호바의 검은 성모
당黨이 최소 가스를 성수로 교체하고 싶다고 나섰던 것입니다.
그렇게 해서 진짜 전쟁이 터지고 말았지요. 처음에는 전쟁을 중

단시키려고 노력했습니다. 하지만 전쟁의 의미를 깊이 파고들다 보니 어차피 유럽 연방이 평화적인 방법으로 탄생하기 어렵다면 이 전쟁의 피와 눈물을 바탕으로 건립될 수도 있겠다는 생각이 들었습니다."

"유럽을 정초하기 위한 전쟁이란 말입니까? 그건 범죄입니다! 파시스트적인 범죄예요!" 막스는 분개했다.

그러나 베르크만은 마치 환자를 진찰하는 외과의처럼 즐거운 기색도 없이 무감각하게 대꾸했다.

"투표로 성사시키지 못하는 것을 무기는 가능케 하지요. 이상 주의와 법률 만능주의는 이제 됐습니다! 훌륭한 헌법은 언제나 피로 쓰여지는 법입니다. 유럽인이라는 존재를 세우려면 반드시 피를 흘려야만 합니다. 브뤼셀 위원회에는 수많은 플래카드들이 난무하지만 그 안에 시신은 없습니다. 그게 바로 우리에게 필요한 것인데도요. 유럽의 지도자들이 무거운 비밀을 공유하지 않고서야 어떻게 함께 손을 잡고 일을 하겠습니까? 그들은 비열한 짓에 함께 손을 대야 합니다. 까놓고 말해서, 함께 손에 피를 묻혀야 한다는 말입니다."

막스는 항의했다.

"사악할 뿐 아니라 완전히 어리석은 짓입니다."

"유럽은 존재하기 위해서 총력을 다해야 합니다. 어리석음의 힘까지도 포함해서요."

잠자코 듣고 있던 오스카가 한마디했다.

"이 전쟁에 어떤 대의명분이 있는지 모르겠군. 그렇지만 나에 겐 명분이 필요하다네. 그렇지 않으면 자네와 한 편에 설 수가 없어."

"저 역시 대의명분은 모르겠습니다. 비아그라, 그리스도의 임 재, 최소 가스…… 모든 것이 얽히고설켜 혼미하기만 하네요. 종 교와 정치의 분리는 어떻게 된 거죠? 신들은 어디에 있죠? 신들 은 무엇을 갈구하는 걸까요? 얼근하게 취하고 싶은 걸까요? 사 실, 우리는 왜 우리가 싸우고 싶은지를 알기 위해서 전쟁을 합니 다. 하지만 안심들 하세요. 매일 아침 체스티나르작 늪지에서 층층이 안개가 피어오르듯 사태는 점진적으로 파악될 겁니다. 제가 맹세할 수 있습니다. 군사 작전이 끝날 즈음에는 우리가 왜 이 전쟁을 일으켰는지 알게 될 겁니다."

오스카는 한숨을 쉬었다.

"이 모든 것을 개념화하기가 쉽지 않겠구먼."

"그런데 선생님이 뜻밖에도 여기 와 주신 겁니다. 선생님은 하 늘이 주신 선물입니다! 우리의 전쟁에 의미를 부여하고 우리의 전사들을 독려하려면 우리에게는 GIG Grand Intellectuel de Guerre* 요원이 필요합니다. 선생님 같은 분 말입니다."

"1914년에 그랬듯이?"

"1914년에 그랬던 것처럼요! 자, 선생님 배지입니다."

---

* 직역하면 '전시(戰時)지식인부대' 요원 정도로 해석된다. 미국 비밀 경호원 SS요원과 같은 특수 요원을 패러디한 것으로 볼 수 있다.

하사관은 GIG 배지를 오스카의 양복저고리에 달아 주었다. 오스카는 훈장이라도 하사받듯 가슴을 쫙 폈다.

"영광으로 알겠소. 이 배지에 부끄럽지 않도록 사력을 다할 것이오. 나 같은 두뇌도 의무를 소홀히 할 수는 없는 법, 당장 오늘부터 나의 지성을 유럽에 바치겠소!"

인과성과 스파게티

오스카는 기상청에서 매일 정해진 시간에 폴란드의 하늘에 기상 탐측 기구를 보내는 업무를 제안받았다. 그러나 직접 몸으로 뛰며 위험을 무릅쓰기를 원했던 오스카는 이 제안을 거절했다. 시간은 흘렀고, 멋쟁이 하사관도 뾰족한 수가 없었다. 게다가 그 하사관은 얼마 뒤 유탄에 맞아 사망하고 말았다.

출출해진 오스카, 막스, 안젤라는 마을에 하나뿐인 식당을 찾았고 그곳에서는 한 무리의 군인들이 북적대며 흥겨워하고 있었다. 정확한 이유는 알 수 없었지만 화끈한 분위기였다. 어떤 이들은 곧 휴전이 될 거라는 소문에 들썩였고, 또 어떤 이들은 얼마 전에 시작된 유럽컵 축구 대회의 결승전을 보면서 입씨름을 벌이고 있었다. 축구와 군바리에 취미가 없는 막스는 바람을 쐬러 밖으로 나갔다. 축구를 좋아하는 안젤라는 텔레비전 수상기

앞에 몰려 있는 사람들 틈에 끼어 앉았다. 오스카 폰 발타자르는 긴 탁자 끝에 자리를 잡았고 곧이어 김이 모락모락 나는 토마토 스파게티가 나왔다. 하지만 그는 스파게티를 먹지 않고 가만히 노려보며 생각에 골몰했다. 그렇게 한참이 지나자 결정적인 개념의 쾌거를 이루었다고 확신한 그는 탁자 위로 올라가 한 손에 스파게티 접시를 들고 연설을 시작했다.

"신사 숙녀 여러분, 우리는 순전히 우리의 선택으로 결정된 자유롭고 책임 있는 존재로서의 조건을 수용해야만 합니다. 우리는 이 근본적인 문제에서 도망칠 수 없습니다. 왜 이 전쟁을 해야 합니까? 이 전쟁은 우리를 어디로 이끌까요? 이건 명백히 형이상학적인 문제입니다. '왜?'라는 물음에 대해서는 원인의 꾸러미를 휘젓고 뒤져서 대답하는 것만이 능사가 아니기 때문입니다."

오스카는 이렇게 말하며 스파게티 접시를 가리켰다.

"우리는 무한히 뒤얽혀 있는 원인들 중에서 결코 제1원인第一原因이나 시초를 찾을 수 없습니다! 세상은 서로 구분도 안 되는 원인들이 마구 엉켜 있는 꾸러미입니다! 세상은 신께서 포크도 챙겨 주지 않고 푹 삶아 던져 주는 스파게티 한 접시란 말입니다. 우리는 그 스파게티를 손으로 먹을 수밖에 없어요. 토마토 소스 스파게티라면 더 난처하겠죠!"

홀 안에서 철학자의 말에 귀 기울이는 사람은 아무도 없었다. 오스카는 꺾이는 기세 없이 연설을 이어 나갔다.

"소르본의 바보들은 '어째서 A인가?'라는 물음에 'B가 원인이 되어 A가 일어났기 때문'이라고 답했습니다. 그들에게 '그럼 왜 B인가?'라고 물으면 'C가 원인이 되어 B가 일어났기 때문'이라고 답할 겁니다. 이런 식으로 원인은 끝없이 거슬러 올라갑니다. 그렇다면 맨 처음 원인이 있지 않을까요? 그런데 만약 첫 번째 원인이 없다면 우리가 말하는 역사도 없을 것이요, 역사가 없다면 우리 삶에는 이 스파게티보다 나은 의미도 없을 것입니다. 우리 인생은 다른 스파게티와 뒤엉키고 둘둘 말려 바로 이 '오늘의 메뉴'처럼 푹 퍼지고 먹기 힘든 곤죽이 되고 말겠지요. 더 이상 거슬러 올라갈 수 없는 진정한 원인, 그것을 위해 싸우고 싶은 욕구가 생기는 원인을 찾아야 합니다. 여러분에게 고백합니다. 과거 나 자신이 가엾은 제자들에게 가르쳤던 저 비루한 결정론과 이제 결별해야 합니다. 오늘 저녁, 여러분 앞에서 공개적으로 회개합니다. 결정론의 어리석음을 벗어나기 위해 하늘에서 떨어지는 '은총'에 의지할 필요는 전혀 없음을, 나는 이제야 알았습니다. 우리의 임무는 '영(0)'의 순간을 사유함으로써 기반을 만드는 사건을 일으키는 것입니다. 여기서 '사유'라 함은 정신의 비호 하에 우리 존재를 온전히 다 던져서 참여한다는 뜻이지요. 역사의 실은 수많은 매듭으로 꼬여 있습니다. 철학자들은 그 매듭을 풀고자 했으나 사실 그것들은 잘라 버려야 하는 매듭입니다. 프랑스인인 나에게는 단두대의 얼이 남아 있으니 어디까지나 경험상 말씀드리는 겁니다. 나는 여러분께 지금 우리가 보는 앞에서 유럽의 운명이 뒤바뀌고 있다는 말을 하고 싶었습니다."

우레와 같은 박수가 터졌다. 오스카는 고개를 숙여 청중에게 감사를 표했다. 그러나 곧 "만세!"라는 함성이 자신을 향한 것이 아니라 유럽컵 결승전, 정확히 말하자면 라민 디아예가 18미터 거리에서 집어넣은 골 때문이라는 것을 깨달았다. 가로로 쭉 뻗어 나가는 그 슛은 일명 '자전거 슛'으로 잘 알려져 있었다. 청중이 다시 조용해지자 오스카는 서론을 마치지 못했어도 연설의 결론으로 들어가야겠다고 생각했다.

"오늘날 우리에게는 설립자들이 필요합니다. 여러분에게 묻겠습니까? 설립의 가장 좋은 수단이 무엇입니까? 'fondation설립, 정초'이라는 단어는 라틴어 동사 'fundere쏟다, 뿌리다'에서 나왔지요."

오스카는 그 순간 모든 수사학파에서 연설의 중요한 요소로 가르치는 '청중에게 좋은 인상을 주기 위한 행동captatio benevolentiae'을 빼먹었다는 것을 깨달았다. 청중에게 공감을 얻어야만 충격적인 주장과 마땅치 않은 증명까지도 다 먹혀들 수 있지 않은가. 오스카는 연설을 대폭 수정하여 도입부에 써 먹으려던 말을 결론부에서 공표하는 위험천만한 초강수를 썼다. 하지만 상황은 더욱 나빠졌다. 후식이 나올 타이밍에 식전주를 따라 주는 격 아닌가! 연설은 뒤죽박죽이 되었다. 군인 한 사람이 소리를 질렀다.

"원인에 대해서 참 말도 많소!"

다른 군인은 한술 더 떴다.

"당신이 도대체 뭔데 정의로운 전쟁에 대해서 떠드는 거요?"

세 번째 군인은 아예 경기관총을 꺼내 들고 외쳤다.

"누가 당신을 가르쳤는데? 당신 선생은 뭐하는 작자야?"

성난 군중이 위협적으로 오스카를 둘러쌌다. 오스카는 그 상황에서 빠져나가기 위해 마지막 주장을 펼쳤다.

"스피노자 사상과 속인들의 저열한 결정론을 혼동해서는 안 됩니다."

"어디 떠들어 봐! 계속 나불대 보라고!"

"지금 우리 상황은 고양이에게 생선을 맡긴 꼴입니다!"

어떤 군인이 오스카의 멱살을 잡고 목을 조를 기세로 덤비던 바로 그 순간, 총성이 일었다. 덩치 큰 사내가 완전무장한 호위대를 이끌고 등장한 것이었다. 빨갱이 프레디와 망나들이었다.

룩셈부르크와 악의 축

아수라장 같던 식당 안이 삽시간에 조용해졌다. 수많은 총부리들이 겨누고 있었기에 청중은 찍 소리 못하고 프레디의 연설을 들어야만 했다.

"이 연설자 분의 주장을 내가 대신하겠습니다. 무엇인가를 설립하려면 피를 흘려야만 합니다! 황소를 잡아 피를 흘리든, 처녀의 피를 흘리든, 제단에는 희생 제물이 올라야 하는 법! 낡은 것과 결별하고 새것을 세우기에 그보다 더 좋은 방법은 없습니다! 그런 이유에서 우리에게는 전쟁이 필요합니다! 스크린에서의 가상 전쟁이 아니라 진짜 전쟁 말입니다. 1만 명은 죽어 나가야지, 그 아래로는 어림도 없죠! 우리에겐 살아 숨 쉬는 인간 부대, 그리고 확실히 정체를 파악하고 위치를 잡아낼 수 있는 적이 필요합니다. 온 나라의 증오를 쏟아 부을 수 있는 적 말입니다. 따라서 우리는 이제 민주적 방법에 따라 속죄양을 지명하는 절차에 들어갈 것입니다. 현재 유럽의 건설을 방해하는 나라는 어디입니까?"

군중 속에서 누군가 외쳤다.

"프랑스요!"

"영국입니다!"

"에스토니아!"

"키프로스!"

빨갱이 프레디가 다시 입을 열었다.

"잘못 알고 있군요. 솔직히 말하자면 그 나라는 저주받은 공국, 깡패국가, 부패와 악취의 온상 룩셈부르크입니다. 우리가 룩셈부르크를 무너뜨리면, 그 나라를 싹 갈아엎어 주차장으로 만들어 버리면 우리와 우리 후손에게 여러모로 득이요, 우리는 그 누구도 비아그라가 없어서 고통 받지 않는 평화로운 유럽에서 살게 될 것입니다. 성수가 흘러 넘쳐 그 누구도 영혼의 건조함에 시달리지 않는 유럽, 최소 가스가 떨어질까 봐 두려워하지 않는 즐거운 유럽, 누구나 DS를 타고 다닐 수 있는 유럽, 유럽컵 대회가 매년 열리는 유럽에서요! 왜 4년씩 기다려야 유럽컵을 볼 수 있단 말입니까!"

프레디는 이 말과 함께 과장된 몸짓으로 텔레비전에서 라민 디아예가 두 번째 골을 넣는 순간을 가리켰다.

실재의 실종

프레디 폰 오르셀 운트 카머발트는 얼른 오스카 폰 발타자르의 품으로 달려가 그를 얼싸안았다.

"이렇게 기쁠 데가! 기쁨의 눈물이 다 나네요! 기자실에서 우리의 재회를 축하합시다!"

그들은 통유리로 전망이 탁 트인 널찍한 테라스로 들어갔다. 그곳에서는 온 유럽의 기자, 공무원, 군 장성들이 쌍안경으로 전쟁을 관전하며 서로의 감상, 논평, 전망을 주고받고 있었다.

"전쟁이 기승을 부리는 와중에 이렇게 푹신한 안락의자에 앉아 사람들이 서로 싸우고 죽이는 광경을 구경하다니, 얼마나 좋습니까! 바로 이럴 때에 안정감과 자족감을 느끼게 되는 것 아니겠습니까!"

빨갱이 프레디는 들소의 털을 이용하여 만든 이 지역 전통주 고르스크gorsk가 담긴 잔 속의 얼음을 흔들며 이렇게 말했다.

"이제 우리만 남았으니 말해 보시오. 왜 룩셈부르크를 공격 대상으로 삼는 거요?" 오스카가 물었다.

"룩셈부르크가 유럽에서 제일 만만하니까요. 게다가 룩셈부르크 공국의 꼭두각시나 다름없는 대공에게 몹시 실망했습니다. 나는 대공을 세계정신, 전진하는 이성이라고 생각했거든요. 생동하는 보편성이 그를 통해 실현되고 집중될 줄 알았습니다. 그런데 대공이 캠핑카로 휴가를 다니고 대공 부인은 십자말풀이에 심취해서 브리지 게임 따위는 그만두었다는 사실을 아십니까? 대공세자라는 녀석은 자위행위에 세월 가는 줄 모르는 여드름 투성이 어린앱니다. 그 집안은 줏대라는 게 없어요. 우리끼리하는 말인데요, 어디 가서 얘기하고 다니진 마십시오. 룩셈부르크라는 나라는 존재하지 않아요."

"나도 알고는 있었소. 우리의 가장 큰 적은 자기네들이 사라지면 어쩔 거냐는 식으로 위협하고 있잖소. 그들은 자기네가 없으면 우리도 살아남지 못할 줄 알거든. 실재가 무너지고 대상이 존재하지 않는다면 주체 또한 와해되고 말 거요."

"하지만 힐데가르트 성녀에게 맹세하건대 내 이름이 프레디 폰 오르셀 운트 카머발트라는 것이 사실이듯 실재가 존재하는 것도 사실입니다!"

망다르들의 우두머리는 그렇게 내뱉으며 잔을 탁자에 세게 내

리쳐 깨뜨렸다.

오스카가 그에게 다가갔다.

"이 전쟁은 일어나지 않았소. 전쟁은 존재하지 않소." 오스카는 프레디의 귀에 대고 그렇게 속삭였다. "사실은 느슨하게 풀어지고 유동적이 되었기에 포착할 수 없소. 실재는 죽었소. 우리는 검은 옷을 입고 영원한 사순절을 지내며 '별이 박힌 류트'* 가락에 맞추어 철학해야 하오. 인생은 공 없는 축구 경기, 그것도 장님이 해설을 하는 경기라오. 저기 체치니아시 평원을 보시오. 무엇이 보이시오?"

빨갱이 프레디가 눈을 깜박거렸다. 그는 더 이상 당당한 '용병 대장'이 아니었다. 그의 가장 뿌리 깊은 확신마저 흔들리고 있었던 것이다. 지금껏 그에게 실재가 존재할 수 없다고 말한 사람은 아무도 없었다. 프레디는 마음을 다잡기 위해서 쌍안경을 들었다.

"제대로 보이는 게 없습니다. 연기 기둥이 치솟고, 소방관과 구급차가 오가네요. 장갑차들이 왔다갔다합니다."

"텔레비전 화면으로, 기자실 스크린으로 보는 게 더 나을 거요. 화면에 초록색밖에 안 보이면 줄초상이 나는 꼴을 볼 수 있을 때까지 이리저리 채널을 돌리기만 하면 되잖소. GIG 요원 자격이라는 것도 기만적이지. 난 배지를 반납할 거요."

---

* '별이 박힌 류트'는 제라르 드 네르발의 〈낙오자〉의 한 구절이다.

"친애하는 선생님, 너무 성급하시지 않습니까! 배지가 없으면 체포당하고 말 겁니다. 이 전쟁이 실제로 존재한다는 것을 증명할 수 있는 간단한 방법이 있습니다. 이 방에서 나가 평원으로 내려가 전투에 뛰어들면 그뿐 아닙니까. 화염 방사기로 한 방, 미사일로 한 방 호되게 당해 보시면 현실감이 확실히 느껴질 걸요. 물론 느낌이야 순간적이겠지만 현실이 아니란 말은 도저히 못하실 겁니다."

기자실에서 한바탕 박수갈채가 터졌다. 국부 공격이 먹혀들어가 적에게 제대로 피해를 입혔던 것이다.

오스카는 고집스레 말했다.

"경악할 만한 사건들 때문에 사람이 머저리 상태가 되는 것뿐이야!"

"하지만 선생님은 소르본을 절망에 몰아넣으실 거잖아요?"

"그 반대일세. 나는 이념을, 이념의 유쾌함과 도착성과 매혹을 믿는다네. 이념에는 다리가, 그것도 가끔은 엄청나게 잘 빠진 늘씬한 다리가 있지. 그러니 넘어 가지 않고 배기겠나? 실재는 이제 나의 관심 대상이 아니야. 내가 이념을 바꾼 것이 아니라 이념이 날 떠났지. 나와 이념 사이에는 아주 짧은 사연밖에 없네. 이념이란 참으로 변덕스러운 것들이니 나도 어쩔 수 없네. 난 이제 아쉬움으로 괴로워하지 않겠어. 하나의 이념을 잃었으나 열 이념을 되찾았도다!"

"선생님 말씀을 이해할 수 없습니다. 아무리 그래도 실재에서 남아 있는 부분이 뭔가 있지 않습니까."

"그게 뭔가?"

"유럽컵이 있지요! 그래요, 정말 구체적이지 않습니까? 경기장, 다시 말해 하나의 닫힌 세계가 있죠. 실재가 도망가지 못하게 사방이 막혀 있습니다. 물론, 이따금 관객들이 질식해서 죽기도 하지만요. 틈새를 막아야 합니다. 기자들이 경기장에 있는 이유가 바로 그거죠! 경기장은 우리에게 마지막 남은 의미의 보고입니다. 그 보고를 보존해야죠. 즐거움을 뿌리치지 마세요! 자, 식당으로 돌아가 경기를 마저 관전합시다! 나는 응원단 앞에서 자아비판을 할 겁니다. 텔레비전 수상기를 망가뜨렸으니 사과를 해야겠어요. 우린 선택의 여지가 없습니다. 축구가 아니면 죽음입니다!"

정신분석학에서의 경향들

군의관 장교 크라이스키는 오스카 폰 발타자르가 '철학 치료실'을 만들자고 제안하자 깜짝 놀랐다.

"선생님, 좋은 뜻에서 하시는 말씀인 줄은 압니다만 선생님은 의사도, 간호사도, 의무병도 아니시잖요."

"그렇습니다. 하지만 나는 철학자입니다. 정신의 들것을 가지고 환자들을 수송하는 의무병이라고나 할까요."

군의관은 이런 종류의 형이상학적 논쟁에는 승산이 없음을 직감하고 다른 각도에서 반박을 제기했다.

"들것을 나르려면 두 사람은 있어야죠!"

"그래서 저는 조교와 함께 여행을 다닙니다. 저기 검정색 DS를 닦고 있는 친구 보이시지요?"

오스카는 고대부터 전해 내려오는 유서 깊은 전통에 따라 철학자의 본분은 가르침을 펼치고 대학생들을 공부시키는 것이 아니라 심신을 괴롭히는 온갖 종류의 악에 시달리는 인류에게 부작용 없는 아주 특수한 약으로써 위안을 주는 것이라고 설명했다.

"우리가 할 수 있는 일과 우리가 어찌할 수 없는 일은 구분되어야 합니다. 현재의 한계를 설정하고, 우리의 언어에서 모든 애매성을 제거하며, 궤변과 모순과 거짓 추리와 논리적 난점을 피하기 위해서 논리를 연마해야 할 것입니다. 순수이성과 실천이성의 한계를 알고, 명백한 것만을 참으로서 인정하고, 판단을 유보하며, 방법적 회의를 적용할 줄 알아야 합니다. 죽음은 두려운 것이 아니요, 신들은 우리가 잘못되기를 바라지 않는다는 것을 알아야 합니다. 육신은 우리가 기어이 자유로워지기 위해 갇혀 지내야 하는 무덤입니다. 우리가 말할 수 없는 것에 대해서 조언을 좀 할까요. 그런 것에 대해서는 침묵해야 하는 법입니다."

이 짧은 서양 철학 개관에 깊은 인상을 받은 군의관은 오스카에게 발타자르 치료법에 대해 좀 더 자세히 설명해 달라고 청했다. 그때 밖에서 무시무시한 총성이 울렸다. 당장 그곳을 떠나야만 했다.

완전 무장한 두 부대가 이를 악물고 대치하고 있었다. 아직은 위협과 공포 사격만 주고받는 상태였지만 섣부른 말 한 마디가 언제라도 총알 세례로 이어질 수 있음은 분명했다. 크라이스키가 오스카에게 설명했다.

"좌측은 프랑스를 꽉 잡고 있는 프로이트 — 라캉주의 군입니다. 우측은 행동주의, 게슈탈트주의, 골상학, 메스메르파들의 국제 연합군이고요. 무슨 냄새가 나지요?"

오스카는 코를 킁킁거렸다. 만드라고라* 태우는 냄새가 공기 중에 떠돌고 있었다.

"오랫동안 곪아서 쉬어 터진 증오의 악취로군요! 내 폐가 상하지 않을까 걱정됩니다. 난 이만 가겠습니다."

"말도 안 됩니다! 선생님의 능력을 보여 주셔야지요, 철학자 선생님."

"좋습니다!"

오스카는 주머니에 손을 찔러 넣은 채 늪을 둘러싸고 둥그렇게 대치하고 있는 두 진영 쪽으로 휘파람을 불며 걸어갔다. 그 늪지의 중앙에는 팔다리가 잘린 가엾은 사람이 이집트 미라처럼 온몸에 붕대를 칭칭 휘감은 채 휠체어에 묶여 있었다. 휠체어는

---

* 사람 모양의 뿌리를 지닌 것으로 유명한 식물. 독성이 있어서 '악마의 풀'로도 불린다.

가차 없이 늪으로 처박히는 중이었다. 그러나 아무도 팔다리를 잃은 그 불쌍한 사람을 구하러 오지 않았다. 그때 오스카가 큼지막한 고르스크 통 위에 올라섰다.

"여러분, 세 발짝만 물러서 주십시오. 협상을 거쳐 휴전 조약을 맺을 때가 왔습니다. 나는 여러분에게 사유 안의 평화에 대해서 말하고 싶습니다."

그는 휠체어에 묶인 사내를 돌아보며 이름을 물었다.

"장 크리스토프 아당입니다. 바르셀로나 올림픽 그레코로만형 레슬링에서 동메달을 땄습니다. 날 좀 건져 주세요, 이제 곧 빠진다고요! 여기 처박힌 지 한 시간이나 됐는데 저들은 견인차나 기중기를 부를 생각은 않고 싸움만 하고 있습니다."

이 말에 양쪽 진영의 심리학, 정신분석학 전문가들이 발끈해서 투덜거렸다.

"견인차? 기중기? 정신적 외상을 그딴 걸로 치료할 수 있다는 겁니까!"

"하지만 저는 정신병자가 아니라 신체적 불구자라고요."

"당신의 장애를 감안하건대 분명히 정신적 문제도 심각할 거요. 우선 휠체어 대신 정신분석을 받을 때 눕는 긴 의자를 이용해야 합니다. 그다음에는 우리가 알아서 손을 쓸 겁니다."

"하지만 그, 그놈의 느려 터진 치, 치료 나부랭이를 끝내기도 전에 나는 여기 처박혀 죽을 거라고요!"

"환자가 말을 더듬는군. 분석에 적합지 않아!"

"환자는 자신의 팔과 다리에 대한 애도 작업부터 시작해야 해."

"당신 어머니에 대해서 말해 보시오!"

"꿈에 대해서 말해 보시오!"

오스카가 듣다못해 나섰다.

"여러분, 학파 싸움과 불길한 소릴랑은 집어치우시오! 우리가 손을 쓰지 않으면 이 사람은 몇 분 안에 죽고 말 겁니다. 누가 겨드랑이로 팔을 넣어 번쩍 일으켜 주기만 하면 됩니다. 저 수렁 밖으로, 단단한 땅 위로 옮겨 달라고요."

"안 돼! 환자에게 손을 대다니 있을 수 없는 일이오!"

"대중 요법을 쓸 게 아니라 신경증의 뿌리를 뽑아야 합니다!"

휠체어에 탄 남자가 고래고래 소리를 질렀다.

"날 좀 꺼내줘요! 빠진다고요! 밧줄이라도 구해 와요!"

"저 사람이 호소하고 있잖아. '호소망상呼訴妄想'이 있다고 기록해 둬!"

"구속복을 입혀야겠죠? 진정제라도 투여할까요?"

"아니, 팔도 없고 다리도 없으니 아무 짓도 못할 거야."

"조심하세요! 그래도 물어뜯을 수는 있잖아요!"

탈의식에 대하여

결국 막스가 DS에 밧줄을 묶고 차를 몰아 팔다리를 잃은 그 사람을 수렁에서 건져냈다. 한편 오스카는 정신분석학자, 심리학자 무리와 함께 적십자 막사로 들어갔다. 학회를 시작할 때가 된 것이다. 오스카는 주머니에서 코르크 따개 모양의 가느다란 시가를 한 개비 꺼내 들고는 오랫동안 묵히고 숙성시켜 왔던 연설을 입 밖으로 공표했다.

"신사 숙녀 여러분, 나는 오늘 여러분 앞에서 정초의 행위에 입각하여 철학의 관행과 단절된 완전히 새로운 개념을 세우고자 합니다. 우리가 말하기 이전에 말의 대상이 된 것이 사실이라면, 이 개념 또한 내가 세웠다기보다는 이 개념이 나를 세웠다 해야 할 것입니다. 그 개념에 이름을 붙이자면 '탈의식'입니다. 탈의식 개념은 유럽에서 철학으로 여겨지는 것에 감추어져 있었습니다. 그로써 칸트의 저작은 치과 의사의 충치 뽑기 정도로 간과되었지요. 많은 이들이 형이상학적 '어리석음'을 이빨 뽑듯 간단히 제거할 수 있는 것으로 여겼단 말입니다. 하지만 치과 의사들이 충치 치료를 하면서 흔히 그렇듯 우리도 아말감을 씁니다. '탈의식'은 무의식이 아닙니다. 탈의식은 아이러니와 반항의 심급審級, 고차원적인 말장난과 야유의 힘입니다. 그 심급으로부터 현상의 세계에 다양한 형태의 '병신짓거리'가 나옵니다. 그러한 병신짓거리 덕분에 '바보들의 저녁식사dîners de cons'*로 잘 알려진 세간의 모임들이 이루어지지요. 자, 여기 '바보' 혹은 '음부'를 뜻하는 'con'이 튀어나왔네요. 헤라클레이토스로부터 하이데거에 이르기까지 모든 철학자들이 겁냈던 바로 그 개념 아닙니까. 여성을 상징하는 단어이자 청교도적 기질이 있던 프로이트가 무의식이라는 말로 감추려 했던 바로 그것이지요. 그것이 바로 거세당한 탈의식입니다. 'con/cunt/Kant'라는 시니피앙의 연쇄만 보아도 분명히 드러나지 않습니까. 이 거짓 삼위일체 속에 유럽 철학이 종합되어 있습니다. 'con'은 프랑스어요, 'cunt'는 영어요(셰익스피어의 언어에서 'con'에 해당하는 단어니까요), 'Kant'는 독일어입니다. 이로써 우리는 어리석음dé-connante의 학문을 정초할 수 있게 되었습니다. 이 학문은 말라르메의 시구에서(원문 그대로는 아니고 약간 손을 보기는 했습니다만) 찾아볼 수 있는 탈의식의 학문에 다름 아닙니다. '의식의 주사위 던지기는 결코 우연을 폐기하지 못하리라.' 여기서의 탈의식은 오직 음부에만 근거하며 그 구멍을 막는 방법으로만 전진합니다. 주체는 오로지 그것을 통해서만 자신이 보낸 메시지를 받을 수 있으니까요. 탈의식은 언어의 벽을 통해 정해진 질서에서 출발하여 거짓 실체를 갖습니다. '탈의식déconscient'은 '거시기를 자르는 음부들des cons sciants'과 발음이 똑같잖아요? 강력히 주장하는 바, 바로 여기에 근거를 마련

---

* 동명의 프랑스 영화 〈바보들의 저녁식사〉에 나오는 것 같은 모임을 가리킨다.

해야 합니다. 학문 자체를 정초하는 바로 그 구멍에요. 우리 식으로 말하자면 존재하면서 존재하지 않는 것인 오브제 'k'가 '코넴konnème'*을 탈칸트화dé-kanter**할 것을 촉구한다는 점은 분명합니다. '코넴이면 칸트적이지 않다'는 격언에 따라서 나는 'S/2DS'라고 하겠습니다. 그런데 이 식은 프랑스어로 읽으면 '이건 DS의 바인가Est-ce barre de DS?'와 발음이 같죠. 이 바가 방향을 조종하는 핸들을 가리키는지, 변속기 핸들을 가리키는지는 경우에 따라 다르겠죠. 내 경우에는 내 친구 막스 드 쿨이 조금 전에 밧줄을 끄는 데 사용했던 여신***의 부릉부릉 소리가 내 말의 보로미안의 매듭****을 건드렸다고 하겠습니다. 룩셈부르크 세미나에서 '프로이트주의자의 의문들'이라는 주제로 발표한 내용과 마찬가지입니다. 여러분이 내 말을 이해했다면 여러분은 분명히 잘못 안 겁니다. 어쨌거나 여러분은 글러 먹게 되어 있으니까……."

오스카 폰 발타자르는 연설을 마무리할 겨를이 없었다. 토마호크 51기가 곧 나타날 거라는 휘파람 신호가 울렸기 때문이다. 심리학과 정신분석학 전문가들은 이제 유파를 따지지 않고 우

---

* 저자가 만들어낸 개념으로 칸트의 누멘(Noumène, 물자체, 본질) 개념을 패러디한 것으로 보인다.
** '맑은 부분을 옮기다', '생각 따위를 명확히 하다'는 뜻의 프랑스어 décanter와 발음이 같다.
*** 여신(déesse)이라는 단어는 DS와 발음이 같다.
**** 자크 라캉의 용어로서 실재계, 상징계, 상상계가 한데 엉켜 있는 매듭이다.

왕좌왕 탁자 아래로 피신했다.

우연이 존재한다면

격렬한 폭발음으로 과거 동프로이센 제국에 속했던 땅까지 진동했다. 다행스럽게도 군사 병원은 피해를 입지 않았다. 대신 폭격기는 망다르들의 자동차 부대가 주둔하고 있던 평원에 폭탄을 투하했다. 어리석은 망다르들! 어째서 좁은 공간에 평행 주차로 다닥다닥 붙어 있었더란 말인가? 어째서 그토록 눈에 잘 띄는 표적이 되기를 자처했을까? 막스는 연기가 치솟는 차체들을 보면서 이렇게 생각하지 않을 수 없었다. '가장 뛰어난 두뇌의 소유자들이 멍청한 실수를 얼마나 많이 저지르는지! 노벨상 수상자가 고속도로에서 역주행을 하질 않나, 대학 시간강사라는 사람들이 초고속열차TGV 창문을 열겠다고 낑낑대질 않나. 그 옛날 위대한 데카르트도 심각하게 어리석은déconné 짓을 저질렀지. 펄펄 끓는 독일식 난방 기구도 없는 스웨덴 여왕의 성으로 한겨울에 떠나지 않았겠어. 결국 데카르트는 스웨덴에서 죽었지. 지금 망다르들이 하는 짓도 마찬가지야. 어리석은 집중의 대가, 범퍼가 딱 붙을 정도로 밀집해서 주차한 대가를 치르는 거지. 저 가운데에는 역사적인 DS들도 여러 대 있는데! 저건 이성

과 분별력에 어긋나는 짓이었어.'

매캐한 연기 위로 "모든 것은 사라져야 한다"라는 표어가 새겨진 검은 깃발이 나부꼈다. 망다르들은 그 끔찍한 광경을 멀거니 바라보았다.

"모든 것이 사라졌어!" 망다르들은 인정하듯 그렇게 외쳤다.

얼른 피신을 해야 했다. 바퀴, 차체, 크랭크축, 발동기 따위가 인파 쪽으로 마구 떨어졌다. 앞뒤 보지 않고 도망쳐야 했다. 거대한 해충 떼처럼 땅으로 마구 떨어지는 자동차 부품과 잔해를 피해 멀리 가야만 했다.

막스는 가까운 구덩이로 몸을 피했다. 쇠붙이 우박이 그치고 난 뒤에 눈을 떠 보니, 이게 꿈인가 생시인가? 2미터 앞에 '반짝반짝 아름다운 그것'이 땅에 박혀 있었다.

피스톤 일곱 개짜리 고압 펌프! 아무 흠도 없는 고압 펌프!

막스는 얼른 그 펌프를 주워서 흙을 털어 내고 살펴보았다. 그가 찾던 모델이 맞았다! 긁힌 자국 하나 없었다! 조인트 부분도 완벽했다. 이 기쁜 소식을 오스카와 안젤라에게 알려야 한다. 하지만 마지막 난관이 남아 있음을 감출 순 없었다.

"요놈을 조립하려면 228T번 연장과 솜씨 좋은 정비사가 필요합니다."

그러자 안젤라가 자신 있게 말했다.

"내가 아는 유일한 장소는 쾨니히스베르크예요!"

막스는 '쾨니히스베르크'라는 지명이 지도에 없다는 것을 확인했다. 모터사이클을 타는 수녀가 말했다.

"그래도 가요! 그곳은 내 고향이거든요!"

만물의 끝

칼리닌그라드의 변두리에서 막스는 안젤라에게 쾨니히스베르크라는 옛 명칭 대신 러시아명 칼리닌그라드를 써도 괜찮은지 물었다.

"안 돼요! 나에게 이 도시는 늘 임마누엘 칸트의 고향 쾨니히스베르크라고요! 칸트는 평생 이 도시를 떠난 적이 없어요."

"최소한 칸트는 넓은 세상에 대한 갈증은 없었거든." 오스카가 단언했다. "이보게, 막스, 자네에게 부탁하는데 지금 당장 이곳 대성당 측면에 위치해 있다는 칸트의 무덤을 맨 먼저 방문하세."

막스가 이 도시의 지리를 잘 몰랐기 때문에 결국 그들은 길을 잃었고 어쩌다 보니 외국인 출입이 금지되어 있는 군사 항구까지 들어가고 말았다. 막사와 검문소는 텅텅 비어 있었다. 그들은 거대한 연안 지역까지 파고들었다. 그리고 그곳에 펼쳐진 광경에 모두들 숨이 턱 멎었다. 그곳에는 구소련의 함대가 버려져 있었다. 수리용 둑에 반쯤 파묻혀 있는 전함들 사이에서 '임마누엘 칸트'라는 거대한 철갑선이 녹슬어 가고 있었다. 쾨니히스베르크의 현자 칸트가 집필한 유명한 저작 《영구평화론》을 기리며 붉은 군대가 건조한 선박이었다. 여기저기 대포와 안테나가 삐죽삐죽 튀어나온 그 배는 부두에서 녹슬어 가고 있었다.

오스카가 중얼거렸다.

"다스 엔데 알레 딩에Das Ende aller Dinge."

"만물의 끝이라는 뜻이죠." 안젤라가 해석했다.

막스도 한마디했다.

"진주만에라도 온 것 같네요! 아니, 더 나은가요!"

오스카는 엄숙하게 선언했다.

"우리는 모든 수고를 끝내고 지복의 문턱까지 왔네. 굉장하군. 경직된 세계, 멈춰진 시간이 그 어느 때보다 우리가 존재한다는 느낌을 고양해 주고 있어. 이곳, 쾨니히스베르크의 외딴 곳에서 나는 세상의 종말을 더없이 아름다운 순간으로서 경험하였네."

안젤라가 걱정스러운 표정으로 막스에게 물었다.

"선생님이 지금 뭐라시는 거예요?"

막스는 설명했다.

"선생님께서 당신에게 필요한 도시를 찾으신 게지요. 여기, 역사의 종말을 관조할 수 있는 항구의 부두에서요. 선생님은 아주 오래전부터 숭고를 찾아 헤매셨는데 드디어 찾으셨네요."

안젤라가 말했다.

"발트 해의 함대에서 숭고를 찾아요? 지금 농담해요? 우리 집에나 가요. 추워지기 시작하네요."

안젤라의 아파트에 들어간 그들은 우연히 벽난로 아래에 놓여 있는 페라가모 모카신을 보고 소스라치게 놀랐다. 어떻게 이 구두가 여기에 와 있을까?

아파트 경비 블라디미르가 설명했다.

"어제 얼굴이 숯처럼 검은 사내가 와서 두고 갔습니다."

놀랄 일은 그뿐만이 아니었다. 거실의 다탁 위에 오스카의 파나마모자가 놓여 있지 않은가. 오스카가 그단스크에서 잃어버린 바로 그 모자였다.

"이제 이페르 망트 드롭스만 있으면 되겠구먼." 오스카가 말했다.

블라디미르가 호주머니에 손을 쏙 집어넣더니 오스카가 말한 바로 그 드롭스를 내밀며 인심을 썼다.

오스카는 오랜만에 드롭스를 빨아먹으며 감탄했다.

"이페르 망트 드롭스를 구하려고 그렇게나 돌아다녔건만! 이 집이 나랑 궁합이 잘 맞는가 봐."

밤이 되자 철학자와 수녀는 널찍한 침대 하나짜리 방으로 함께 들어갔다. 막스는 거실 소파의 먼지를 털고 이불을 둘둘 말아 덮은 뒤 눕자마자 곯아떨어졌다.

새벽이 되자 오스카는 부산스레 사람들을 깨우더니 도시를 산책하자고 제안했다. 평생을 이곳에 살면서 성찰과 글쓰기에 지친 심신을 달래기 위해 아침마다 산책을 했다는 칸트의 이야기도 빼놓지 않았다.

오스카는 지도를 들고 성큼성큼 걸어가며 행인들에게 물었다. "혹시 칸트가 자기 태반을 어디에 묻었는지 아시오?" 행인들은 하나같이 모른다고 답했고 오스카는 칸트의 태반이 진정한 철학적 문제가 되기까지는 프레골라 강이 아직도 한참을 다리 아래로 흘러야겠구나 생각했다.

안젤라는 오스카의 동요가 걱정스러울 정도로 심해지는 것을 눈치 채고는 발트 해 연안의 모래사장으로 호박琥珀을 채취하러 가자고 했다.

오스카는 놀라서 반문했다.

"웬 호박 타령이오, 내 사랑?"

"내 사랑, 호박에는 치료의 효험이 있다지 않아요. 호박은 떠나고 싶은 욕망, 당신을 갉아먹는 그 '포토스'도 낫게 해줄 테지요. 호박은 쾨니히스베르크의 황금, 우리 고장의 하나뿐인 진짜 보물이랍니다!"

안젤라는 모래사장에서 주운 호박 조각들로 목걸이를 엮어 철학자의 목에 걸어 주었다. 그러나 오스카는 하늘만 쳐다보았다. 그는 요상한 구름, 평소에 쉽게 보기 힘들어 그 고장에서 '백상아리'라는 별칭으로 불리는 적란운에만 눈길을 주었다.

막스는 모래사장을 걷다가 지쳐 어느 문신술사의 낡은 오두막으로 향했다. 나머지는 호들갑을 떨었지만 막스는 그 집으로 들어갔다.

안젤라가 외쳤다.

"바늘 소독은 제대로 하는지 확인해요!"

막스는 대꾸했다.

"그냥 가격만 물어볼 겁니다. 들어가서 구경만 하고 시술은 안 받을 수도 있잖아요!"

이튿날 아침 아파트에서 나온 막스는, 그의 DS가 고물이 된 채 장작더미 위에 올라가 있는 모습을 보아야 했다. 누군가가 훔쳐 갔는지 제동 장치마저 남아 있지 않았고, 내부의 좌석 커버까지 싹 다 벗겨져 있었다. 백미러도, 와이퍼도 없었다. 경비는 투르크메니스탄 마피아의 소행 같다고 주장했다. 아니면 타지크 족의 소행일까. 어쨌든 경비도 그 이상은 모른다고 했다.

"그놈들이 칼리닌그라드를 차지하고 있으니까요!"

"아무나, 아무것이나 되는구먼!"

막스는 탄식했다. 경비 블라디미르가 맞장구를 쳤다.

"러시아에서는 특히 그렇죠."

막스는 이 대국이 DS를 숭배하며 이미 DS의 부품 시장이 조성되어 있으리라는 결론을 내렸다. 그 정도면 대단한 발전이었다.

다행히도 도둑놈들은 피스톤 일곱 개짜리 고압 펌프를 뒷좌석에 두고 갔다. 막스는 정성들여 고압 펌프를 부드러운 천에 싸고는 오스카와 안젤라에게 작별을 고했다.

"너무 심했어요. 내 DS의 핵심을 쏙 빼가다니! 전 팡테옹으로 돌아갑니다. 저의 뿌리는 그곳에 있네요."

그는 안젤라와 포옹하고 오스카를 잘 돌봐 달라고 부탁했다. 소르본 대학 시절의 은사는 막스가 떠나는 모습을 보고 달려와 얼싸안았다.

"용기와 활력! 결코 사유를 멈추지 말게!" 스승은 제자에게 말했다.

안젤라가 문간에서 막스에게 말했다.

"선생님의 상태는 호전되지 않을 거예요! 그래도 호박의 힘으로 어느 정도 안정은 되겠지요. 선생님을 보살피고 아껴 드리기 위해 안식 휴가를 청할 거예요. 로마 협약에 따라서 나는 1년간 정결의 서원을 유예할 수 있어요. 스베틀로고르스크 해변에 싸구려 식당을 하나 사들일 거예요. 선생님이 바를 맡고 내가 주방을 맡으면 돼요. 진작에 여행을 멈췄어야 했어요."

막스는 펌프를 겨드랑이에 끼고 도시에서 빠져나가는 길로 걸어갔다. 그에게 약간 운이 따른다면 자동차 전시회장이 문을 닫기 전에 히치하이킹으로 파리에 돌아가 미아들의 모임에서 친구들을 만날 수도 있을 터였다. 펌프는 무거웠고 길은 먼지투성이였다. 길가에 서서 엄지손가락을 치켜들었지만 차를 세우는 운전자는 아무도 없었다.

마침내 지평선에서 구찌 모터사이클 한 대가 나타났다. 블랑딘이었다. 그녀는 막스를 만날 줄 알았다는 듯 놀라는 기색도 없이 오토바이를 세웠다.

블랑딘이 타라고 손짓을 했다. 막스는 블랑딘의 입가에 살짝 입을 맞추고 이렇게 말했다.

"너랑 나, 우리 함께 살아 보자."

"당신, 말 참 못한다. '우리 함께 살아 보자'는 뭐야? '같이 살 자'고 하면 될 것을. 늘 바보 같은 사람이지만 그래도 난 당신이 좋아. 당신의 말솜씨는 젬병이지만 내가 고쳐 주면 되겠지, 뭐."

블랑딘의 뒤에 앉은 막스는 두 팔로 그녀의 허리를 감았다. 전날 문신술사가 백상아리를 새겨준 오른쪽 이두박근이 뻐근하게 쑤셨다. 블랑딘은 출발하기 전에 뒤를 돌아보며 이렇게 말했다.

"우리는 긍정 속에서 살아갈 거야. 날 따라해. '그래'라고."

"그래!"

오토바이가 출발했다. 그들은 평원 속으로 사라졌다.

옮 / 긴 / 이 / 의 / 글

《소르본의 바보》는 파리의 택시 운전사 막스 드 쿨과 전직 소르본대학의 철학 교수 오스카 폰 발타자르가 펼치는 한 편의 '로드무비' 같은 소설이다.

한때 사제지간이었던 막스와 오스카는 손발이 잘 맞는 길동무가 된다. 한 사람은 유망한 철학도였고 다른 한 사람은 철학계의 총아였다. 그들은 각자 나름의 이유로 오래전에 강단의 철학, 제도권의 철학을 떠났지만 이 여행은 분명히 '철학여행'이다. 어떤 면에서 막스 드 쿨과 오스카 폰 발타자르는 이 책의 저자 프레데릭 파제스의 분신일지도 모른다. 프레데릭 파제스 역시 유머 작가로서, 에세이스트로서, 허구의 철학자를 만들어 냄으로써 오랫동안 변방의 철학자 역할을 했기 때문이다.

사실, 이 책에는 수많은 철학적 문제 의식이 깔려 있으며 수많은 철학적 고전 텍스트들이 그 바탕에 자리 잡고 있다. 막스와 오스카가 택시의 고압 펌프 문제를 해결하기 위해 만나는 정비사들은 모두 교부 철학자의 이름을 지니고 있다. 구술시험에서 한 마디도 꺼내지 못한 막스의 해프닝은 누가 봐도 "말할 수 없는 것에 대해서는 침묵하라"는 비트겐슈타인의 말을 연상시키고, 점성술의 아류처럼 미심쩍은 아스트로마르크시즘은 마르크시즘이 강조하는 '하부구조'의 중요성을 슬쩍 비꼬는 듯하며, 데카르트가 송과선에서 사유와 신체가 연결된다고 주장했다는 사실을 아는 사람이라면 (데카르트처럼) 뜨거운 방에서 지내면 '급성 송과선염'에 걸린다는 말에 폭소하지 않을 수 없을 것이다. 그중에서도 이 책의 가장 주요한 철학적 주제 '숭고'는 매우 다양한 각도에서 접근되고 있다. 저자는 칸트가 말하는 숭고와 대척점에 있는(혹은 대척점에 있다고 할 수는 없으나 칸트가 말하지는 않은) 또 다른 숭고의 문제를 암시한다. 그리고 그 과정에서도 기지 넘치는 패러디, 풍부한 상호 텍스트성이 빛난다. 예를 들어, 에로스 센터의 니농 드 라클로가 여성의 숭고함을 설파하면서 아스파시아와의 만남을 이야기하는 장면은 《향연》에서 소크라테스가 디오티마와의 만남을 술회하는 장면을 연상시킨다. 하지만 저자는 철학자들의 말과 글과 생애에만 천착하는 것이 아니라 오늘날의 사회와 현실도 바라본다. 눈에 보이는 것에 연연하는 현대 사회, 무기력한 고학력 지식인 무리, 유럽연합이 불러온 혼란, 전쟁의 명분에 대한 통렬한 풍자는 읽는 이에게 통쾌함과 씁쓸함을 동시에 안겨 준다.

프레데릭 파제스는 강단 철학의 전통보다는 철학의 구어적 전통에 입각해 있는 저자이다. 특히 프랑스의 풍자 신문 〈카나르 앙셰네〉 기자 출신답게 작품 곳곳에서 재미있는 언어유희와 기지 넘치는 시각을 톡톡히 보여 주고 있다. 그래서 번역자의 입장에서는 프랑스어에서만 통하는 말장난 때문에 이따금 막막함을 느끼기도 했다. 좀 더 본격적인 에세이라면 번역을 다소 달리하고 각주를 일일이 달았을지도 모르겠다. 하지만 이 책은 가끔은 배를 잡고 웃고 가끔은 어이가 없어 실소하면서도 중요한 철학적 문제들을 다시 한 번 의식하게 만드는 '소설'이 되어야 한다는데에 주안점을 두고 작업했다. 독자들이 막스 드 쿨의 이야기가 재미있다고 느낄 수 있었으면 좋겠다.

번역 원고를 세심하게 살펴준 함께읽는책 편집부에 고마움을 전한다.

이세진

옮긴이 **이세진**

서강대학교 철학과를 졸업하고 같은 학교 대학원에서 불문학 석사 학위를 받았다. 프랑스 랭스 대학교에서 공부했으며, 현재 전문번역가로 일하고 있다. 《숲의 신비》, 《회색 영혼》, 《유혹의 심리학》, 《나르시시즘의 심리학》, 《고대 철학이란 무엇인가》, 《다른 곳을 사유하자》, 《반 고흐 효과》, 《작가의 집》, 《신은 아무것도 쓰지 않았다》, 《중국을 읽다 1980-2010》 등의 책을 우리말로 옮겼다.

소르본의 바보

초판 1쇄 발행 2012년 9월 10일

지은이 프레데릭 파제스
옮긴이 이세진
펴낸이 양소연

기획편집 함소연 진숙현 디자인 하주연 이지선
마케팅 이광택 관리 유승호 김성은
인터넷사업부 양채연 이동민 백윤경 이정돈 김정희

펴낸곳 **함께읽는책** 등록번호 제25100-2001-000043호 등록일자 2001년 11월 14일

주소 서울시 금천구 가산동 60-3 대륭포스트타워 5차 1104호
대표전화 02-2103-2480 팩스 02-2624-4240 홈페이지 www.cobook.co.kr
ISBN 978-89-90369-72-7(03860)

• 잘못된 도서는 구입하신 서점에서 교환해 드립니다.
• 이 책에 실린 모든 내용, 디자인, 편집 구성의 저작권은 함께읽는책에 있습니다.
• 허락없이 복제하거나, 다른 매체로 옮겨 실을 수 없습니다.

함께읽는책은 도서출판 **나눔의집**의 임프린트입니다.